De Cock en de bloedwraak

De dertigste De Cock

A. C. Baantjer

De Cock
en de bloedwraak

Fontein Paperback

Eerste druk 1989
Zestiende druk 2000

ISBN 90 261 0377 8

Omslagfoto: Maran Olthoff
Omslag: Studio Combo

1

Rechercheur De Cock van het aloude politiebureau aan de Amsterdamse Warmoesstraat keek schuin omhoog naar een jonge politieman, die met zijn pet stijf onder zijn rechterarm geklemd en een verlegen lachje om zijn mond naast zijn bureau stond.
Het gezicht van de jonge diender kwam hem vaag bekend voor. De Cock nam wel aan, dat de jonge politieman bij zijn plaatsing aan bureau Warmoesstraat aan hem was voorgesteld, maar hij kon met de beste wil van de wereld geen naam bij dat gezicht bedenken.
'Dag,' groette hij simpel.
De jonge politieman maakte een lichte buiging.
'Ik ben Peter van Buuren.'
De Cock glimlachte.
'Dag, Peter van Buuren.'
De jonge diender legde zijn pet op het bureau van De Cock en tastte naar de rechter zijzak van zijn tuniek. Hij nam daaruit een vuile injectiespuit met naald en legde die voor de oude rechercheur neer.
De Cock trok een vies gezicht.
'Wat moet ik daarmee?'
'Ik dacht, dat u die zaak behandelde.'
'Welke zaak?'
'Van die junk, die ik heb binnengebracht.'
De Cock wees naar de stoel naast zijn bureau.
'Ga zitten,' sprak hij vriendelijk. 'Jij hebt een junk binnengebracht?'
Peter van Buuren nam plaats en knikte.
'Als verdacht van een beroving. Hij heeft op de hoek van de Oudezijds Achterburgwal en de Oude Doelenstraat een Duitse toerist aangesproken en hem al zijn geld afgenomen.'
De oude rechercheur keek hem met gefronste wenkbrauwen aan.
'Zomaar?' vroeg hij ongelovig.
Peter van Buuren gebaarde naar de vuile injectienaald op het bureau van De Cock en schudde zijn hoofd.
'Niet zomaar. Hij heeft tegen die Duitser gezegd, dat hij de ziekte aids had en dat hij de man met die spuit zou prikken als die Duitser hem niet onmiddellijk al zijn geld gaf.'
'En toen?'
'Die Duitser was doodsbang dat die junk hem werkelijk met die vuile

injectienaald zou prikken en heeft al zijn geld gegeven... zelfs zijn horloge.'
De Cock knikte begrijpend.
'Hoe ben jij er bij betrokken?'
'Ik stond op de Dam bij het monument. Die Duitser kwam naar mij toe en vertelde het mij. Ik ben met hem meegegaan. Toen heeft hij mij de dader aangewezen. Die junk stond nog op dezelfde plek waar hij de beroving had gepleegd.'
De Cock boog zich iets naar de jonge diender toe.
'Toen heb jij die junk gearresteerd, hem zijn spuit afgenomen en hem meegenomen naar het bureau?'
'Inderdaad.'
De Cock schudde afkeurend zijn hoofd.
'Dat moet je nooit meer zo doen.'
Peter van Buuren reageerde verrast.
'Heb ik iets verkeerd gedaan?'
De Cock antwoordde niet. Hij trok een lade van zijn bureau open, nam daaruit een kurkje en drukte dat kurkje heel zorgvuldig op de punt van de naald van de injectiespuit. Daarna grabbelde hij opnieuw in de lade van zijn bureau en legde een paar kurkjes voor de jonge diender neer.
'Die moet je altijd bij je hebben,' sprak hij belerend. 'Stop ze maar in je zak. Wees in hemelsnaam voorzichtig met die smerige spuiten. Als je je per ongeluk aan zo'n naald prikt... geloof me, je hebt zo een besmetting met hepatitis B* of aids.' De oude rechercheur blikte opzij en keek Peter van Buuren met gespeelde bezorgdheid aan. 'We willen jou bij de politie nog niet missen. Aan een dooie diender hebben we niets.'
Peter van Buuren grinnikte en stak de kurkjes in zijn zak. 'Ik zal er aan denken.' Hij kwam van zijn stoel overeind. 'Moet ik die junk boven brengen voor het verhoor?'
De Cock knikte.
'Doe dat... voor hij afkickverschijnselen krijgt... dan is hij voorlopig niet meer aanspreekbaar.'

De Cock leunde iets in zijn stoel achterover en keek de jongeman voor zich scherp onderzoekend aan. Hij had een bleek smal gezicht

* een ernstige leverziekte

met iets oplopende jukbeenderen en ruig, blond, onverzorgd haar. Zijn lichtblauwe ogen leken diep in de kassen verzonken.
Om zijn mager lijf slobberde een haast versleten spijkerpak met rafels aan de broekspijpen. Zijn blote voeten staken in een paar afgetrapte trimschoenen.
De oude rechercheur schatte hem op voor in de dertig, maar bedacht, dat hij vermoedelijk jonger was. Overmatig gebruik van drugs had zijn gezicht getekend.
De jongeman friemelde nerveus aan een knoopje van zijn jack.
'U houdt mij hier vast?'
'Ik moet het nog met de commissaris bespreken, maar ik denk wel, dat u blijft.'
'Dan moet ik een dokter.'
De Cock knikte traag.
'Ik zal straks een dokter voor u laten komen,' reageerde hij kalm. Hij boog zich iets naar hem toe. 'U hebt aan die agent opgegeven, dat u Marinus van de Heuvel heet... klopt dat?'
'Ja, dat klopt.'
'Hoe oud bent u?'
'Vierentwintig.'
De Cock wees naar de injectiespuit op zijn bureau.
'Is dat ding van u?'
'Ja. En ik wil hem terug hebben.'
De Cock schudde resoluut zijn hoofd.
'Dat zal niet gaan. Ik neem dat ding in beslag. Bovendien kunt u beter niet van die ouderwetse spuiten gebruiken.'
De jongeman kneep zijn lippen op elkaar.
'Ik wil hem terug,' riep hij nukkig. 'Ik ben aan dat ding gewend.'
De Cock negeerde de opmerking.
'Hoe lang bent u al verslaafd?'
Marinus van de Heuvel grijnsde.
'Zolang ik mij kan herinneren. Ik was nog op school toen ik mijn eerste shotje nam.'
De Cock gebaarde in zijn richting.
'Bent u inderdaad ziek... ik bedoel, hebt u aids?'
De jongeman trok zijn schouders op.
'Dat weet ik niet,' riep hij geprikkeld. 'En ik wil het ook niet weten. Ik weet alleen, dat iedereen er doodsbenauwd voor is.'
De Cock keek hem strak aan.

'Zei u daarom tegen die Duitser dat u aids had... dreigde u daarom met die naald te prikken?'
Marinus van de Heuvel verschoof iets op zijn stoel. 'Ik had poen nodig,' antwoordde hij vlak, onverschillig. Hij gebaarde ineens heftig met zijn beide handen en veranderde van toon. 'Wat moeten al die buitenlanders hier? Die komen toch alleen maar om spul te kopen. Ze drijven de prijzen op. Een shotje is bijna niet meer te betalen.'
'Buiten dat horloge... hoeveel geld hebt u die Duitser afhandig gemaakt?'
Marinus van de Heuvel maakte een afwerend gebaar. 'Dat weet ik niet. Ik had nog geen tijd gekregen om het te tellen. Vraag het aan die diender. Die heeft alles van mij afgenomen.'
De Cock plukte aan het puntje van zijn neus.
'Hoe vaak hebt u al onder bedreiging van die spuit mensen beroofd?'
Marinus van de Heuvel liet zijn hoofd langzaam zakken en antwoordde niet.
De Cock keek enkele seconden naar zijn warrige kruin en vroeg zich af hoe lang het geleden was, dat de jongeman voor het laatst zijn hoofd had gewassen.
'Hoe vaak hebt u al onder bedreiging van die vieze injectiespuit mensen op straat van hun bezittingen beroofd?' herhaalde hij dwingender.
Marinus van de Heuvel richtte zijn hoofd op en keek hem aan. In zijn ogen lag een verontschuldigende blik.
'Annelies en ik hadden veel nodig.'
'Wie is Annelies?'
'Mijn vriendin.'
De Cock gebaarde voor zich uit.
'Ook verslaafd?' vroeg hij overbodig.
Marinus van de Heuvel knikte.
'Niet door mij. Echt niet. Ze was het al voor ik haar leerde kennen.'
De Cock knikte begrijpend.
'Annelies... hoe heet ze verder?'
'Van Haemstede... met ae. Annelies van Haemstede. Ze is van goeden huize. Haar vader is een soort hotemetoot aan een universiteit. Barbaars streng. Toen hij merkte dat Annelies verslaafd was, heeft hij haar de deur gewezen.'
De Cock trok een bedenkelijk gezicht.

'Zo, zonder meer?'
In zijn stem trilde ongeloof.
Marinus van de Heuvel zuchtte.
'Er was natuurlijk wel het één en ander gebeurd... studie afgebroken, diefstalletjes. Toen haar vader er achterkwam, dat Annelies zijn handtekening had vervalst en geld van de bank had gehaald, was het uit... definitief.'
De Cock wreef over zijn kin.
'Tippelt ze?'
Marinus van de Heuvel schudde zijn hoofd.
'Dat is nu de ellende... dat wil ze niet. Ik heb al diverse keren tegen haar gezegd: ga de baan op. Dat vertikt ze. Ze zegt, dat ze niet met die vieze kerels in een auto wil. Maar dat betekent wel, dat ik het helemaal alleen moet opknappen. We hebben er al een paar keer fikse ruzie om gekregen.'
De Cock schudde afkeurend zijn hoofd.
'Je mag een vrouw toch niet dwingen om in de prostitutie te stappen?'
Marinus van de Heuvel keek hem verontwaardigd aan.
'Zij dwingt mij wel om te jatten. Of dacht u, dat ik anders...'
Vledder stormde de grote recherchekamer binnen. Zijn gezicht zag rood. Bij het bureau van De Cock bleef hij hijgend staan en wees naar Marinus van de Heuvel.
'Hij moet maar zolang in de cel. Wij moeten onmiddellijk op pad.'
De oude rechercheur keek op.
'Wat is er dan?' vroeg hij licht geërgerd.
De ogen van Vledder werden ineens groot en angstig. Wild strekte hij zijn rechterhand met gespreide vingers naar De Cock uit.
'Pas op,' schreeuwde hij.
In een rappe, flitsende beweging had Marinus van de Heuvel de oude injectiespuit van het bureau gegrist en er het kurkje afgetrokken. Met de naald dreigend voor zich uit kwam hij overeind.
'Ik ga niet in de cel,' lispelde hij hoofdschuddend. 'Ik... ik... ga niet in de cel.'
Half gebogen, langzaam achteruitlopend, bereikte hij de deur van de recherchekamer. Vledder volgde hem op enige afstand. Op het moment, dat Marinus van de Heuvel met zijn linkerhand de kruk van de deur vatte, sprong Vledder toe. Met een goedgerichte trap schopte hij de injectiespuit uit de hand van de jongeman. De spuit kletterde

tegen de muur.
Marinus van de Heuvel gaf een kreet van pijn. Hij bukte zich snel, maar nog voor hij de injectiespuit opnieuw kon bemachtigen, had Vledder hem buiten zijn bereik geschoven. Daarna pakte de jonge rechercheur Marinus van de Heuvel in een houdgreep en leidde hem de kamer uit.
Op de gang hoorde De Cock hem gillen.
'Ik ga niet in de cel... ik ga niet in de cel.'
De oude rechercheur pakte de injectienaald van de vloer en nam uit de lade van zijn bureau een nieuw kurkje. Hij trilde nog een beetje na en verweet zichzelf het incident. Hij was weer eens onvoldoende waakzaam geweest. Hij had die vieze injectiespuit buiten het bereik van de jongeman moeten houden. Het voorval deed hem denken aan Igor Stablinsky, een sluwe moordenaar, die hem tijdens een verhoor eens bijna met een zwaar, in plastic verpakt breekijzer zijn hersens had ingeslagen.*
Vledder kwam weer de grote recherchekamer binnen. Hij duimde over zijn schouder. 'Hij zit in zijn cel nog te schreeuwen.' Verbaasd keek hij naar De Cock. 'Heb je je jas nog niet aan?' In zijn stem klonk verwijt.
'Wat is er dan?'
'In de Monnikenstraat, in een kraakpand, ligt het lijk van een vrouw.'
De Cock keek hem onderzoekend aan.
'Vermoord?'
Vledder knikte.
'Er steekt een mes in haar rug.'

* zie *De Cock en de ganzen van de dood*

2

Rechercheur De Cock hees moeizaam zijn negentig kilo langs een steile trap omhoog. De metalen leuning was vettig en de houten treden kreunden onder zijn gewicht. Vledder volgde lichtvoetig.
Het was donker in het trappenhuis en het stonk er. Een zure, weeë, misselijk makende lucht van zweet en ongewassen lijven.
Op het portaal van de eerste etage stond een slonzig geklede jonge vrouw. Vanuit een smal raam boven een deur viel een streep licht op haar gezicht. Het was bleek met diepe kringen onder de ogen. Ze streek met gespreide vingers door haar zwarte haren en keek de beide mannen argwanend aan.
'Recherche?' vroeg ze met twijfel in haar stem.
De grijze speurder knikte.
'Van het bureau Warmoesstraat. Mijn naam is De Cock... met ceeooceekaa.' Hij gebaarde opzij. 'En dat is mijn collega Vledder.'
Met zijn breed gezicht in een vriendelijke plooi boog hij zich iets naar haar toe. 'En wie bent u?'
'Ik ben Yvonne... Yvonne de Nijs.'
'U woont hier in dit pand?'
Ze stak haar rechterarm omhoog.
'Hier boven.'
'U hebt ons gewaarschuwd?'
'Ja, tenminste... ik heb ze in het koffiehuis op de Nieuwmarkt laten bellen.'
De Cock knikte begrijpend.
'Nadat u het lijk had ontdekt?'
Yvonne de Nijs slikte bij de herinnering.
'Ik kwam even kijken of ze misschien nog een shotje voor mij had... te leen.'
'U bent verslaafd?'
Ze knikte met een grijns op haar gezicht.
'Dat zijn ze hier in dit pand allemaal.'
De Cock ging aan de opmerking voorbij.
'Waar is ze?'
Yvonne de Nijs opende de deur onder het smalle raam tot op een kier en wees met een kromme vinger.
'Daar, om de hoek... daar ligt ze.'

De Cock deed de deur verder open en stapte in een kleine kamer met twee hoge ramen waar wat lappen voor hingen. Schuin rechts, tegen de wand, op een berg vodden, lag het lichaam van een vrouw. Ze lag op haar buik met haar gezicht naar de wand gekeerd. Haar beide armen lagen gestrekt naar voren, haar vingers waren iets geklauwd. In haar rug, tussen haar schouderbladen, in een kring van bloed, stak het heft van een mes.
De Cock liep op de berg vodden toe en knielde bij haar neer. Hij hield de rug van zijn hand even tegen haar wang. Het voelde kil en koud. Het lichaam was al sterk afgekoeld.
Hij draaide voorzichtig haar linkerarm iets terug en bezag de vele punctieplekjes aan de onderarm. Daarna legde hij haar arm weer in de oorspronkelijke stand en kwam overeind.
Zijn blik dwaalde door het kamertje. In de hoek bij het linkerraam lag een stapeltje vuil wasgoed. Op de houten vloer, ongeveer tussen de beide ramen in, stond een oud, groen geëmailleerd driepits petroleumstel. Verder was er niets, geen stoffering en geen enkele vorm van meubilair.
De oude rechercheur wist, dat verslaafden vaak onder erbarmelijke omstandigheden leefden. Toch verbaasde het hem steeds opnieuw. De gedachte, dat men om wille van de drugs een menswaardig bestaan opgaf, drong maar moeilijk tot zijn bewustzijn door.
In de deuropening verscheen plotseling Bram van Wielingen. De Cock keek de fotograaf verrast aan.
'Waar kom jij zo gauw vandaan?'
Bram van Wielingen lachte.
'Ik was met mijn wagen in de buurt toen ik via de mobilofoon het bericht kreeg, dat jij weer eens bij een lijk stond.' Hij blikte om zich heen en snoof. 'Het stinkt hier. Het hele pand stinkt.'
De Cock knikte.
'Jouw reuk is nog goed.' Hij wees naar de dode vrouw op de berg vodden. 'Maak maar een paar plaatjes van haar en van dit hok.' Hij wuifde in de richting van de beide ramen. 'Als het kan, dan had ik ook graag een foto van de gevel van dit pand.'
Bram van Wielingen zette zijn aluminiumkoffertje op de vloer, bukte zich en klapte het deksel open.
'Je kan het krijgen zoals je het hebben wil,' riep hij jolig. 'Je treft mij in een goede bui. Mijn jongste dochter is gisteren voor haar examen geslaagd. Nu nog een baan, dan kan ze de deur uit... ben ik eindelijk

weer met moeder alleen.'
'Gefeliciteerd.'
Bram van Wielingen richtte zijn Hasselblad op het dode gezicht en flitste. Hij keek even opzij.
'Kinderen hebben is best leuk, maar je moet ze ook weer eens kwijt.'
De Cock reageerde niet. Op het portaaltje was dokter Den Koninghe verschenen met in zijn kielzog twee geüniformeerde broeders van de geneeskundige dienst met hun onafscheidelijke brancard.
De grijze speurder liep op de oude lijkschouwer toe en begroette hem hartelijk. De Cock had een zwak voor de excentrieke dokter met zijn ouderwetse grijze slobkousen onder een deftige streepjesbroek, zijn stemmig zwart jacquet en zijn verfomfaaide groen uitgeslagen garibaldihoed.
'Hoe maakt u het?' vroeg hij uitbundig.
'Best.'
De oude rechercheur leidde dokter Den Koninghe naar het kamertje en gebaarde om zich heen.
'Het spijt me. De lokatie is dit keer wat povertjes. Maar daar heb ik geen schuld aan.' Hij wees naar de berg vodden aan de wand. 'Daar ligt ze. Zo hebben we haar gevonden.'
De dokter nam zijn garibaldihoed af, trok de pijpen van zijn streepjesbroek iets omhoog en knielde bij de dode neer. Zijn onderzoek duurde dit keer maar kort. Al na luttele seconden kwam hij overeind. Zijn oude knieën kraakten.
Met precieze bewegingen nam hij zijn bril af, pakte zijn witzijden pochet uit het borstzakje van zijn jacquet en poetste zijn glazen. De Cock kende de bewegingen. Het was een reeks gebaren om tijdwinst.
'Ze is dood,' sprak hij laconiek.
De oude rechercheur knikte met een strak gezicht.
'Dat begreep ik,' reageerde hij simpel.
Dokter Den Koninghe wees naar de dode.
'Langer dan acht uur. Haar lichaam is sterk afgekoeld en de lijkstijfheid is algemeen.' Hij zette zijn bril weer op en plooide zijn pochet terug in het borstzakje van zijn jacquet. 'Inwendige bloedingen. Het mes is tot aan het heft in het lichaam gestoten.' Hij zweeg even en schudde zijn hoofd. 'Volgens mij was ze toen ze stierf al niet meer in zo'n beste conditie.'
De Cock ademde diep.

’Ze was verslaafd.’
De lijkschouwer knikte.
’En ziek. Je mag dokter Rusteloos wel waarschuwen om bij de sectie extra voorzichtig te zijn.’
’Hoe bedoelt u?’
Dokter Den Koninghe zette zijn hoed op.
’Gevaar voor besmetting. Ik denk, dat collega Rusteloos dat zelf wel zal onderkennen. Ik zal hem straks voor alle zekerheid toch even bellen. Het behoeft wel niet zo te zijn, maar je weet...’ De kleine lijkschouwer beëindigde zijn zin niet. Hij wuifde ten afscheid en liep het kamertje af. Bij de deur draaide hij zich half om en stak zijn rechterwijsvinger omhoog. ’En wees zelf ook voorzichtig.’
De Cock keek hem met gemengde gevoelens na. Daarna wendde hij zich tot de fotograaf, die zijn fraaie Hasselblad behoedzaam in zijn koffertje teruglegde.
’Ben je klaar?’
Bram van Wielingen knikte.
’Alleen nog buiten een plaatje van de gevel. Dat doe ik wel met een ander toestel.’
’Komt er nog een dactyloscoop?’
Bram van Wielingen glimlachte.
’Hebben ze jou weleens in de steek gelaten? Ben Kreuger zal wel onderweg zijn. Je weet hoe krankzinnig het verkeer in de binnenstad is.’ Met een hangende onderlip keek hij het kamertje rond. ’Ik zou van een dactyloscopisch onderzoek maar niet te veel verwachten. Het is hier overal een vette troep.’ Hij klapte zijn koffertje dicht. ’Als er vanmiddag niets tussenkomt, dan heb je vanavond nog je foto’s op je bureau.’ Hij zwaaide joviaal. ’Nou, ajuus.’
De Cock wenkte de broeders van de geneeskundige dienst naderbij. ’Vervoer haar op haar buik,’ instrueerde hij. ’En laat dat mes in haar rug zitten, dat heeft dokter Rusteloos graag.’
De beide broeders knikten als een tweeling. Ze legden de dode vrouw voorzichtig op de brancard en bogen haar armen langs haar lichaam. Daarna drapeerden zij een laken over haar heen. Het heft van het mes stak als een tentstok omhoog. Omzichtig schoven de broeders met de canvasflappen en de riemen. Het lukte hen om het lijk toch stevig vast te sjorren.
De Cock keek bewonderend toe hoe zij met grote routine en behendigheid de brancard via het portaal de steile trap afdroegen.

Nadat de broeders met de dode het pand hadden verlaten, kwam Ben Kreuger met zijn koffer de trap op. Om zijn mond lag een norse trek.
'Ik heb op de Rozengracht bij de Westermarkt een tijd in de file gestaan. Ik kon geen kant op.' Hij zette zijn koffer op de houten vloer en keek naar zijn handen. 'Die trapleuning is zo vet als spek.' Hij gebaarde om zich heen. 'Als het hier ook zo is, kan ik mijn kwasten beter in mijn koffer houden.'
De Cock trok gelaten zijn schouders op.
'Probeer wat. Ik zie er eerlijk gezegd ook niet zo veel heil in.'
Mopperend maakte Ben Kreuger zijn koffer open.
'Waar lag ze?'
'Op die berg vodden.'
'Een vies lijk?'
De Cock schudde zijn hoofd.
'Ze was pas een uur of acht dood.'
Vledder liep op De Cock toe en wees naar de stapel vuil wasgoed in de hoek bij het linkerraam.
'Dat is niet alleen van haar.'
De Cock fronste zijn wenkbrauwen.
'Hoe bedoel je?'
'Ik heb al dat vuile goed eens bekeken. Er zit ook herenkleding bij.'
'Zoals?'
'Onderbroeken met een gulp.'
De Cock glimlachte.
'Ik volg de mode niet zo goed, maar ik dacht niet, dat die door vrouwen worden gedragen.'
'Precies. Dat wijst erop, dat er in dit kamertje ook een man woont... of heeft gewoond.'
'Heb je nog ergens papieren gevonden?'
Vledder grijnsde.
'Nog geen stukje ter grootte van een postzegel.'
De Cock draaide zich naar Ben Kreuger.
'Neem morgen in het sectielokaal even een dactyloscopisch signalementje van het slachtoffer. Ik weet nog niet wie zij is.'
'Heb je al een foto?'
De Cock schudde zijn hoofd.
'Niet van haar gezicht... niet helemaal. Ze lag op de linkerkant van haar gezicht en er was een volledige lijkstijfheid. Dan krijg je zo'n vertekend beeld.'

Ben Kreuger knikte begrijpend.
'Dan neem ik morgen Bram van Wielingen even mee.' Hij wees naar een stuk deurstijl, dat hij had ingekwast. 'Het wordt niets. Alleen maar vlekken en vegen.' Hij borg zijn kwast en potje met aluminiumpoeder in zijn koffer en nam afscheid. 'Je hoort van me als ze bij ons in de collectie zit.'
De Cock wuifde hem na. Ineens zag hij via de open deur, dat Yvonne de Nijs nog steeds in een donker hoekje van het portaal stond. Hij vroeg zich af of zij daar gedurende het gehele onderzoek had gestaan. Hij wenkte haar met een kromme vinger. Wat schuchter schuifelde ze het kamertje in.
De Cock wees naar de berg vodden.
'Kende je haar goed?'
Yvonne de Nijs tuitte haar lippen.
'Wat heet goed? We leenden weleens een shotje van elkaar. En dat is al heel wat.'
'Hoelang woonde ze al hier in dit pand?'
'Een goed jaartje, schat ik. Misschien iets langer. We kijken hier niet vaak op een kalender.'
'Woonde ze alleen?'
Yvonne de Nijs schudde haar hoofd.
'Met een gozertje.'
'Een verslaafde?'
'Ja.'
'En waar is die?'
Yvonne de Nijs grinnikte.
'Weet ik veel. Scoren*, denk ik.'
De Cock gebaarde opnieuw naar de berg vodden.
'Hoe heette ze?'
'Annelies.'
De Cock keek de jonge vrouw voor hem met opengesperde ogen aan. Het horen van die naam had hem geschokt.
'Annelies?' herhaalde hij vragend.
'Ja.'
'En verder?'
Yvonne de Nijs trok haar schouders op.
'Achternamen interesseren mij niet. Annelies was in mijn ogen een

* uitdrukking die junks gebruiken om geld voor drugs te bemachtigen

fijne meid. Beschaafd, weet je. Ze kwam van goede familie. Ze praatte ook een beetje deftig.'
De Cock had zichzelf volkomen in bedwang.
'Hebt u de naam Van Haemstede wel eens horen noemen?'
'Heette ze zo?'
'Dat vermoed ik.'
'Nooit gehoord.'
'Ontving ze weleens mannen hier in haar kamertje?'
'U bedoelt voor geld?'
'Ja.'
Yvonne de Nijs schudde resoluut haar hoofd.
'Daar wilde Annelies niets van weten. Ze was een beetje preuts. Ze vertelde mij, dat ze een goed jaar verloofd was geweest met een nette knul. Toen die de verloving verbrak, is ze steeds dieper weggezakt.'
De onderlip van Yvonne de Nijs begon te trillen. Een traan gleed over haar wang. 'Nou is ze dood.'
De Cock liet haar even begaan. Hij zag toe hoe ze de zoom van haar T-shirt omhoog trok en haar tranen droogde. Weifelend plukte hij aan zijn onderlip.
'Dat... eh, dat gozertje van haar... met wie ze hier samenwoont... heet die Marinus?'
Yvonne de Nijs keek naar hem op.
'Kent u hem?'
'Vluchtig.'
Yvonne de Nijs zuchtte omstandig.
'Volgens mij heeft hij dit geflikt. Die twee hadden voortdurend ruzie. Het was soms moord en doodslag. Laatst zei Marinus tegen mij: dit leven houd ik niet meer vol. Ik kan niet voor twee blijven scoren. Vandaag of morgen steek ik haar overhoop. Ze is toch al verrot.'
De Cock kneep zijn ogen half dicht.
'Verrot?' herhaalde hij.
Yvonne de Nijs knikte traag.
'Volgens Marinus was ze seropositief.'

3

De rechercheurs slenterden de Monnikenstraat uit en liepen rechts de Oudezijds Achterburgwal op. Het was er vrij rustig. De walletjes waren nog niet in vol bedrijf. Voor de meeste ramen hingen nog gordijnen. Een al bedaagd hoertje geeuwde van verveling. Via de smalle Oude Kennissteeg en de Liesdelsluis bereikten ze het Oudekerksplein.

Vledder blikte opzij.

'Hadden we dat kamertje, waar die moord werd gepleegd, niet moeten verzegelen?'

De Cock gebaarde achteloos.

'Als een dakloze junk bemerkt, dat het kamertje ongebruikt is, dan kruipt hij of zij erop... verzegeling of geen verzegeling.'

Vledder grinnikte.

'Dit is ons nog nooit overkomen.'

'Wat?'

'Dat wij de dader van een moord al in de cel hadden voordat de moord was ontdekt.'

Er vielen een paar spetters. De Cock keek omhoog en zag hoe de slanke torenspits van de Oudekerk in een laag, grauw wolkendek prikte. Hij trok de kraag van zijn regenjas op en gromde.

'Ben je daar zo zeker van?'

Vledder keek hem van terzijde verontwaardigd aan.

'Dit is toch een duidelijke zaak,' riep hij met emotie. 'Marinus van de Heuvel was het beu om als verslaafde voor twee te scoren. Dat wilde hij niet langer. Daar wilde hij van af.'

'Dus stak hij haar overhoop.'

Het klonk spottend.

Vledder knikte nadrukkelijk.

'Daar had hij toch al eens mee gedreigd?'

De grijze speurder antwoordde niet. Het begon harder te regenen. Tegen zijn gewoonte in, versnelde De Cock zijn pas. Ze liepen om de Oudekerk heen en bereikten via de Enge Kerksteeg de Warmoesstraat.

Toen ze het politiebureau binnenstapten, viel de regen met bakken neer, kletterde op het dak van een Volkswagenbusje voor arrestantenvervoer.

In de hal stapte De Cock naar de balie en wenkte Jan Kusters. 'Is de dokter van de geneeskundige dienst al bij Marinus van de Heuvel geweest?'
De wachtcommandant knikte.
'Een half uurtje geleden. Hij heeft wat methadon gekregen en is nu rustig.'
'Dan nemen we hem weer mee naar boven voor het verhoor. De jonge vrouw die in de Monnikenstraat is vermoord, was zijn vriendin.'
'Heeft hij haar koud gemaakt?'
De Cock trok zijn schouders op.
'We zullen het hem vragen.'

De Cock bezag het smalle bleke gelaat van Marinus van de Heuvel en vroeg zich af of hij naar het gezicht van een moordenaar keek. De hypothetische vraag amuseerde hem een beetje. Hij wist uit ervaring hoe weinig moordenaars op een moordenaar leken. Zijn blik gleed naar het ruige, blonde, onverzorgde haar en zocht daarna opnieuw de lichtblauwe, diep in de kassen verzonken ogen. Ze dwaalden van hem weg.
De grijze speurder boog zich iets naar hem toe en dwong de jongeman om naar hem te kijken.
'We hebben haar gevonden,' sprak hij zacht.
De grove adamsappel van Marinus van de Heuvel wipte op en neer.
'Wie?' vroeg hij ontwijkend.
De Cock keek hem scherp aan.
'Annelies... jouw Annelies van Haemstede. En je vurige bede is verhoord... je behoeft nooit meer voor haar te scoren.'
Marinus van de Heuvel kauwde nerveus op zijn onderlip.
'Ik... eh, ik begrijp u niet.'
De Cock keek hem schuins aan.
'Moet ik echt duidelijker zijn?' vroeg hij met ongeloof in zijn stem.
Marinus van de Heuvel slikte.
'Ik begrijp u niet,' herhaalde hij zwak.
De Cock spreidde zuchtend zijn beide handen.
'Wanneer is het gebeurd, Marinus?' vroeg hij gedragen. 'Vertel eens... wanneer is het gebeurd? Hadden jullie weer eens ruzie?'
Marinus van de Heuvel sloeg zijn beide handen voor zijn gezicht en snikte. 'Ik heb het niet gedaan... echt, ik heb het niet gedaan!'

De Cock trok zijn gezicht strak.
'Je begreep mij dus best,' sprak hij somber.
Marinus van de Heuvel nam zijn handen voor zijn gezicht weg. Hij knikte nadrukkelijk.
'Ik begreep u. Natuurlijk begreep ik u. Maar ik heb het niet gedaan. Geloof me, ik heb het niet gedaan.' Hij ademde diep en veegde met de mouw van zijn jack langs zijn ogen. 'Ik kwam gisterenavond laat thuis. Ik had nog een paar shotjes weten te ritselen. Die nam ik voor haar mee. Het was donker in ons kamertje, maar de pitten van het petroleumstel brandden en gaven nog een beetje licht. Toen zag ik haar liggen... Annelies... met een groot mes in haar rug.' Zijn tong gleed langs zijn droge lippen. 'Ik... eh, ik raakte in paniek. Ik dacht, dat mes daar moet weg... dat hoort daar niet.'
De Cock keek hem fronsend aan.
'Je hebt dat mes vastgepakt?' vroeg hij verbijsterd.
Marinus van de Heuvel liet zijn hoofd iets hangen. 'Ik... eh, ik weet dat niet zo precies meer,' sprak hij trillend. 'Ik... eh, ik dacht van wel.'
De grijze speurder kneep zijn ogen even dicht en overwoog de consequenties van die daad.
'En toen?'
Marinus van de Heuvel keek naar hem op.
'Ik dacht... ik moet hier weg. Ik kan hier niet blijven. Waar moet ik slapen? Naast een dode?' Hij zuchtte. 'Omdat ik bang was voor brand heb ik het petroleumstel uitgeblazen en ben weggegaan.'
'Waarheen?'
'Naar een vriend van mij.'
'Ook een verslaafde?'
Marinus van de Heuvel schudde zijn hoofd.
'Gewoon een vriend... een oudere man al. Hij woont in de Staatsliedenbuurt, in de Van Boetzelaarstraat. Ik kan altijd bij hem aankloppen als ik troubles heb.'
'Hoe heet die vriend?'
'Emile... Emile de Boer.'
'Heb jij hem verteld wat jou was overkomen?'
'Ja.'
'En?'
Marinus van de Heuvel zuchtte opnieuw.
'Hij zei... hij zei: misschien komen ze er nooit achter, dat jij en

Annelies samen in dat kraakpand in de Monnikenstraat woonden... dan is er voorlopig niets aan de hand.'
'En daar vertrouwde je op?'
Marinus van de Heuvel knikte traag.
'Ik vond, dat mijn vriend gelijk had. Vrijwel niemand weet wie er in zo'n kraakpand woont.' Hij zweeg even en staarde voor zich uit. 'Ik begreep vanmorgen al, dat ik mijn mond voorbij had gepraat.'
'Toen je de naam 'Annelies' noemde?'
Marinus van de Heuvel kneep zijn lippen op elkaar. 'Dat was dom,' sprak hij berustend. 'Ik besefte dat onmiddellijk.' Hij maakte een schouderbeweging. 'Ik had alleen nog de hoop, dat Annelies niet zou worden gevonden voor ik werd vrijgelaten. Dan had ik nog gelegenheid om ergens onder te duiken. Daarom heb ik vanmorgen ook niets tegen u gezegd.'
De Cock keek Marinus van de Heuvel secondenlang aan. De oude rechercheur zocht naar een zwakke plek in de geestelijke wapenrusting van de jongeman, maar vond die niet. Peinzend streek hij over zijn brede kin.
'Hoe wist je dat Annelies seropositief was?'
Marinus van de Heuvel liet zijn hoofd opnieuw zakken. 'Van Annelies zelf. Ze had zich laten onderzoeken in het AMC*. Annelies had aids, maar ze wilde niet opgenomen worden.'
De neusvleugels van De Cock trilden. Hij vatte het ruige blonde haar van Marinus van de Heuvel met zijn rechterhand en trok het hoofd van de jongeman wild omhoog. 'En jij wilde die zieke Annelies dwingen om in de prostitutie te stappen?' Zijn stem trilde van verbijstering en woede. 'Hoeveel mannen, dacht je, zou ze nog hebben besmet voor ze stierf?'
Marinus van de Heuvel rukte zijn haren uit de hand van De Cock. Zijn gezicht zag rood.
'Dat moeten die hoerenkerels toch zelf weten,' snauwde hij. 'Ze kennen toch het gevaar... ze weten toch welk risico ze lopen?'
De Cock liet de bruisende woede uit zijn aderen wegvloeien. Hij realiseerde zich, dat het weinig nut had om zich op te winden. 'Je begrijpt,' sprak hij kalm, 'dat ik je voorlopig niet kan vrijlaten. Ik wil weten hoeveel berovingen jij in totaal hebt gepleegd en ik wil

* Academisch Medisch Centrum in Amsterdam

nagaan of je mij ten aanzien van de dood van Annelies de waarheid hebt verteld.'
Marinus van de Heuvel stak de wijs- en middelvinger van zijn rechterhand omhoog. 'Dat zweer ik.'
De Cock zag het gebaar gelaten aan.
'Weet je waar de ouders van Annelies wonen?'
'Hier in Amsterdam, aan de Prins Hendrikkade, ongeveer bij de ingang van de IJtunnel.'
'Heb je ze weleens bezocht?'
Marinus van de Heuvel knikte vaag.
'Ik heb weleens bij ze aangebeld.'
'Wanneer?'
'Toen ik wist, dat Annelies ziek was. Ik wilde vragen om hulp.'
'En?'
Marinus van de Heuvel kneep zijn ogen even dicht.
'Ze lieten mij voor de deur staan.'

Vledder keek De Cock vragend aan.
'Geloof jij hem?'
De oude rechercheur streek nadenkend met zijn pink over de rug van zijn neus. 'Ik weet niet zo goed wat ik er van denken moet,' sprak hij weifelend. 'Als Marinus van de Heuvel het niet heeft gedaan, dan ziet het er toch niet best voor hem uit. Maar als onze jonge vriend het wel heeft gedaan, dan heeft hij ons een heel slim verhaal verteld.'
'Je bedoelt, over dat vastpakken van het mes?'
'Precies.'
Vledder trok een denkrimpel in zijn voorhoofd.
'We weten nog niet of op dat mes inderdaad vingerafdrukken voorkomen.'
De Cock schudde zijn hoofd.
'Wanneer is de sectie?'
'Morgenochtend om tien uur.'
De Cock stak zijn wijsvinger op.
'Maak Ben Kreuger er even op attent, dat hij het heft van het mes nog moet inpoederen... voordat dokter Rusteloos rigoureus aan het werk gaat. En zorg ervoor, dat je het mes in handen krijgt... dat de patholoog-anatoom het niet achteraf meeneemt. Misschien kunnen we er iets mee doen.'
Vledder grinnikte.

'Nog meer wensen?'
De Cock knikte met een ernstig gezicht.
'Trek Annelies van Haemstede eens in onze administratie na. Als ze lange tijd verslaafd was, dan zal ze wel voor een of ander feit met de politie in aanraking zijn geweest.'
Er werd op de deur van de recherchekamer geklopt en Vledder riep: 'Binnen.'
De deur ging langzaam open en in de deuropening verscheen de gestalte van een jongeman. De Cock schatte hem op voor in de dertig. Hij droeg een lichtgele regenjas, die bijna tot zijn enkels reikte. Met trage tred kwam hij naderbij. Naast het bureau van De Cock bleef hij staan. Water drupte van zijn jas op de vloer.
De oude rechercheur keek naar hem op.
'Het regent nog steeds, zie ik.'
De jongeman negeerde de opmerking.
'U bent rechercheur De Cock?'
De grijze speurder knikte.
'Met ceeooceekaa,' reageerde hij vrijwel automatisch. 'Waarmee zou ik u van dienst kunnen zijn?'
De jongeman trok zijn gezicht strak.
'U behandelt de moord op Annelies van Haemstede?'
De Cock antwoordde niet. Hij gebaarde naar de stoel naast het bureau. 'Gaat u zitten,' sprak hij vriendelijk.
De jongeman deed zijn lange regenjas uit, drapeerde die over de leuning van de stoel en nam plaats.
'Men zei mij, dat u de moord behandelt.'
De Cock keek hem enige tijd schattend aan. De jongeman zag er keurig verzorgd uit. Hij droeg een parelgrijze zijden stropdas onder een donkerblauw kostuum van goede snit. Vanonder zijn pantalon met een messcherpe vouw staken een paar korte zwarte laarsjes. De oude rechercheur glimlachte.
'Wie is 'men'?'
'Een vrouw in dat kraakpand.'
'In de Monnikenstraat?'
'Ja.'
De Cock fronste zijn wenkbrauwen.
'Wat deed u daar?'
De jongeman slikte.
'Kijken of het waar was.'

'Wat?'
De jongeman antwoordde niet direct. Hij bracht trillend zijn rechterhand naar zijn mond.
'Dat... eh, dat Annelies was vermoord.'
De Cock kneep zijn ogen half dicht.
'Wie had u dat gezegd?'
De jongeman maakte een verontschuldigend gebaar.
'Iemand belde.'

4

De Cock leunde in zijn stoel achterover.
'Iemand belde u... wie?'
'Dat weet ik niet.'
'Anoniem?'
De jongeman knikte.
'Hij zei alleen: Annelies van Haemstede ligt vermoord in een kraakpand in de Monnikenstraat. Direct daarna brak hij af.'
'Het was dus een man.'
'Inderdaad: een mannenstem... een heldere mannenstem. Hij sprak wat afgemeten en zonder duidelijk herkenbare accenten.'
De Cock boog zich weer naar voren.
'Wanneer kreeg u dat telefoontje?'
De jongeman blikte even op zijn polshorloge.
'Een goed uur geleden.'
'Toen bent u onmiddellijk op pad gegaan?'
De jongeman schudde zijn hoofd.
'Niet onmiddellijk. Ik was eerst van plan om in mijn eigen wagen te stappen, maar ik bedacht mij, omdat ik niet wist waar de Monnikenstraat was. Ik heb toen maar een taxi laten voorkomen. De chauffeur keek wel een beetje vreemd toen ik hem zei, dat ik naar de Monnikenstraat wilde. Onderweg heb ik het hem uitgelegd. Hij heeft mij toen ook geholpen om in de Monnikenstraat dat kraakpand te vinden.' De jongeman zweeg even, speelde met zijn herinnering. Zijn gezicht betrok. 'Het was er vies en er hing een nare lucht. Op het portaal van de eerste etage ontmoette ik een magere, slordig geklede jonge vrouw, die mij het kamertje wees waar het was gebeurd en mij zei, dat u de moord behandelde.'
De Cock knikte.
'Yvonne de Nijs.'
De jongeman trok zijn schouders op.
'Ze heeft zich niet aan mij voorgesteld.'
De Cock keek de jongeman onderzoekend aan.
'Hebt u enig idee,' vroeg hij achteloos, 'waarom die onbekende man juist u belde?'
De jongeman knikte.
'Ik ben Justus van Haemstede. Annelies is... was mijn zuster.'

Het duurde even voordat De Cock de mededeling had verwerkt. Hij liet zijn grijze hoofd iets zakken en vouwde zijn handen. 'Gecondoleerd,' sprak hij zacht.
Justus van Haemstede reageerde niet. Hij staarde nadenkend voor zich uit.
'Waar ligt ze?' vroeg hij na een poosje.
'In het mortuarium op de begraafplaats Westgaarde. Morgenochtend om tien uur zal dokter Rusteloos een gerechtelijke sectie verrichten.'
Justus van Haemstede keek licht geschokt naar hem op.
'Moet dat?'
De Cock knikte traag.
'Dat is voorschrift... en ook nuttig, voor later... in verband met de bewijsvoering tegen de dader.'
'Weet u al wie dat is?'
De Cock schudde zijn hoofd.
'We hebben nog geen enkel vermoeden in welke richting wij moeten zoeken. Ik vrees, dat het een moeizame geschiedenis wordt. Het wereldje van de verslaafden is nogal ondoorzichtig.'
'Ik... eh, ik blijf graag op de hoogte.'
De Cock knikte begrijpend.
'Waar woont u... zodat wij u kunnen bereiken?'
'Ik heb een maisonnette in het gebouw d'Witte Leeuw aan de Nieuwe Uilenburgerstraat. Dat is zo'n gerenoveerd pand.'
De Cock gebaarde naar Vledder.
'Laat mijn collega straks uw adres noteren.' Hij zweeg even en dacht na. 'Wat er met uw zuster Annelies is gebeurd... brengt u uw ouders aan de Prins Hendrikkade op de hoogte?'
Justus van Haemstede frommelde aan zijn stropdas.
'Die... eh, wonen daar niet meer. Mijn vader was hoogleraar hier in Amsterdam aan de Vrije Universiteit. Hij is enige maanden geleden vervroegd uitgetreden. De verslaving van Annelies en alles wat daarmee samenhing, heeft hem diep aangegrepen... zijn gezondheid aangetast. Vader is feitelijk nooit meer geheel de oude geworden. Mijn ouders wonen nu in een kleine bungalow in Drenthe, in de buurt van Emmen.'
'Maar ze moeten dit toch weten.'
'Uiteraard. Ik denk, dat ik straks maar de wagen pak en naar hen toe rijd.'

'Is er,' vroeg De Cock voorzichtig, 'een aanwijsbare oorzaak voor de verslaving van Annelies?'
Justus van Haemstede gebaarde wat vaag in de ruimte. 'Nadat Jean-Paul, dat is nu ruim drie jaar geleden, de verloving met haar verbrak, is het met Annelies snel bergafwaarts gegaan.'
'Was haar verslaving de reden van de verbroken verloving?'
Justus van Haemstede maakte een grimas.
'Dat zou u Jean-Paul moeten vragen.'
'Is die Jean-Paul inmiddels met een ander getrouwd?'
Justus van Haemstede schudde zijn hoofd.
'Volgens mij woont Jean-Paul van Capelle nog steeds bij zijn moeder aan de Brouwersgracht. Ik moet thuis zijn adres nog wel ergens hebben liggen.'
'Dat wil ik dan graag van u hebben. Zegt de naam Marinus van de Heuvel u iets?'
Justus van Haemstede staarde enige tijd peinzend in het niets en schudde toen zijn hoofd. 'Nee, nee,' sprak hij aarzelend, 'die naam zegt mij niets.' Ineens verhelderde zijn blik. 'Harry Devoorde... is die Harry Devoorde ooit gepakt?'
De Cock keek hem verrast aan.
'Wie is Harry Devoorde?'
Justus van Haemstede gebaarde heftig.
'De man, met wie Annelies een bankoverval pleegde.'

Toen Justus van Haemstede was vertrokken, trokken de beide rechercheurs de gegevens na. Het verhaal van de bankoverval riep tal van vragen op.
'Laten we het eens samenvatten,' sprak De Cock na bestudering van de stukken tot Vledder. 'Ongeveer twee jaar geleden... Annelies woonde toen nog bij haar ouders aan de Prins Hendrikkade... pleegde zij met ene Harry Devoorde een overval op een bank aan de Pieter Calandlaan in Amsterdam. Annelies bestuurde de vluchtauto en Harry Devoorde stapte met een getrokken pistool de bank binnen. De buit was voor zo'n simpel uitgevoerde overval verrassend hoog... bijna een miljoen gulden in gemakkelijk uit te geven coupures, waarvan bovendien de nummers niet waren genoteerd. In de later teruggevonden vluchtauto werden op de achteruitkijkspiegel de vingerafdrukken van Annelies van Haemstede gevonden. Naar aanleiding van een door haar enkele maanden tevoren gepleegde

diefstal, waren haar vingerafdrukken al in ons politiebestand opgenomen, zodat de identificatie van de gevonden sporen en haar arrestatie spoedig volgden.'
Vledder knikte instemmend.
'Tijdens haar verhoor door de recherche van het politiebureau aan de Lodewijk van Deysselstraat gaf ze haar eigen aandeel in de overval toe, maar weigerde botweg de naam van haar mededader te noemen. Die naam is bij de recherche ook nooit bekend geworden. Toen Justus van Haemstede zijn zuster in het Huis van Bewaring bezocht, heeft ze hem, onder strikte geheimhouding, die naam genoemd... Harry Devoorde.'
De Cock snoof verachtelijk.
'Door één of andere justitiële blunder is het nooit tot een veroordeling van Annelies van Haemstede gekomen. Al een maand na haar arrestatie is ze weer op vrije voeten gesteld. De vraag die zich opdringt: is er na haar vrijlating weer contact geweest?'
'Je bedoelt, tussen haar en die Harry Devoorde?'
'Precies.'
Vledder grijnsde. 'En heeft ze ooit een gedeelte van die verrassend hoge buit gekregen?'
De Cock schudde zijn hoofd.
'Dat geloof ik niet. Gezien de droevige omstandigheden waaronder Annelies van Haemstede leefde, vermoed ik, dat ze er nooit een stuiver van heeft gezien.'
Vledder slikte. Met een strak gezicht staarde hij peinzend voor zich uit. Ineens verhelderde zijn blik. Met de volle vuist mepte hij op het blad van zijn bureau.
'Dat is het,' riep hij verheugd.
'Wat?'
'Het motief.'
De Cock keek hem schuins aan.
'Voor de moord op Annelies van Haemstede?'
Vledder knikte nadrukkelijk.
'Annelies van Haemstede had tijdens haar verhoor door de recherche van de Lodewijk van Deysselstraat de naam van haar mededader... Harry Devoorde... verzwegen. Dat gaf hem de gelegenheid om in volle vrijheid van zijn buit te genieten. Maar er bestond nog altijd de mogelijkheid, dat zij op een bepaald moment, eventueel vergezeld van een aantal kornuiten, een gedeelte van de buit zou komen opei-

sen.' De jonge rechercheur bracht zijn wijsvinger voor zijn neus. 'Ook bestond nog de kans, dat Annelies van Haemstede op een kwade dag alsnog zou gaan praten en de recherche zou informeren over de verzwegen identiteit van haar mededader.'
De Cock keek zijn jonge collega bewonderend aan.
'Concluderend... Harry Devoorde had er alle belang bij, dat Annelies van Haemstede voor eeuwig zweeg.'
'Juist.'

Vanuit de Warmoesstraat slenterden ze op hun gemak door de Lange Niezel. Een druilerig motregentje had het vallen van de avond vervroegd. Kleurrijke lichtreclames spiegelden grillig in het natte asfalt. Het was bijna intiem druk in de smalle straat. Flarden muziek waaierden uit de cafés en bij het sekstheater stonden mannen met donkere snorren in de rij.
Ze liepen rechtdoor, over het bruggetje van de Voorburgwal naar de Korte Niezel en gingen vandaar rechtsaf de Oudezijds Achterburgwal op.
De seksbusiness floreerde. Achter vrijwel elk raam zaten schaars geklede vrouwen van velerlei fatsoenen, lonkend in diffuus, barmhartig rood licht. Ondanks de trage regen trok een leger van behoeftigen schuifelend aan hen voorbij.
De Cock keek om zich heen. Het beeld was hem vertrouwd. Zo nu en dan lichtte hij in het voorbijgaan groetend zijn hoedje voor een prostituée, die hij in zijn lange loopbaan bij de recherche had leren kennen.
Bij de Monnikenstraat bleef hij een moment staan. In het midden, waar een hanglamp van de openbare verlichting het had begeven, was een duister gat. Links, langs de gevels, schoof schichtig een junk naar zijn krot.
De oude speurder vroeg zich even af of het kamertje van de dode Annelies van Haemstede alweer was bezet en liep toen verder, achter Vledder aan, die was doorgelopen. Op de hoek van de Barndesteeg schoven de beide rechercheurs door de donkerbruine, met leer afgezette gordijnen het schemerig intieme lokaaltje van vriend Smalle Lowietje binnen.
De tengere caféhouder kwam onmiddellijk achter zijn tap vandaan en liep blij verrast op De Cock toe. Zijn spits muizensmoeltje glom van diepe genegenheid.

'Welkom, welkom,' kirde hij. 'Kon je de weg naar mijn etablissement nog vinden?'
De Cock grijnsde.
'Ik ga gewoon op de lucht af.'
Smalle Lowietje liep grinnikend voor hem uit naar de bar. 'Je bedoelt,' sprak hij half omkijkend, 'de geur van een verrukkelijke cognac.'
De Cock hees zich naast Vledder op een kruk.
'Zonder die paar schaarse zalige momenten met cognac, Lowie,' sprak hij gedragen, 'wat zou het leven dan nog te betekenen hebben?'
De tengere caféhouder keek hem glunderend aan. 'Jij kunt van die mooie dingen zeggen,' reageerde hij bewonderend. 'Zo...eh, zo diepzinnig.' Hij dook onder de tapkast en pakte de fles Franse cognac Napoléon, die hij speciaal voor de oude rechercheur gereserveerd hield. Met precieze routinegebaren vatte hij drie blinkende diepbolle glazen en schonk behoedzaam in. 'Nog van de oude voorraad.' Hij zette de fles neer, hief met zwier zijn glas en toostte. 'Op de misdaad en De Cock.'
De grijze speurder lachte om de kreet.
'Een twee-éénheid?'
'Beslist.'
Grijnzend vatte De Cock zijn glas en schommelde het in de holte van zijn hand heen en weer. Voorzichtig nam hij een slok. De warme gloed van de drank duwde de kille stijfheid uit zijn botten en spieren. Hij zette omzichtig zijn glas neer en boog zich vertrouwelijk naar voren.
'Ken jij ene Harry Devoorde?'
Smalle Lowietje keek hem nadenkend aan.
'Harry Devoorde?' herhaalde hij vragend.
'Ja.'
'Dat...eh, dat is toch dat gozertje, dat op de Pieter Calandlaan een bank heeft beroofd?'
De Cock reageerde verbaasd.
'Hoe weet jij dat?'
De caféhouder keek hem verrast aan.
'Dat...eh, dat weet toch iedereen?'
De Cock plukte aan zijn neus en gniffelde.
'Behalve dan de Amsterdamse recherche.'

Smalle Lowietje maakte een grimas.
'Hij gaat er zelf nogal prat op.'
'Die Harry Devoorde?'
De tengere caféhouder knikte.
'Hij komt hier nog weleens een enkele keer en als hij dan betaalt met een briefje van honderd, zegt hij steevast: kijk, Lowie, weer zo'n mooie 'snip' van de Calandlaan.'
De Cock glimlachte.
'Kapsones.'
'Wat heet.'
De oude rechercheur fronste zijn wenkbrauwen.
'Heeft hij die beroving destijds alleen gedaan?'
Smalle Lowietje schudde zijn hoofd.
'Met een of ander niesse.*'
'Waar is dat niesse gebleven?'
De Smalle zwaaide vaag in de ruimte.
'Weet ik veel. Ze heeft een paar maanden vastgezeten, maar ze hebben haar toch weer los moeten laten.' Hij keek met een bezorgde blik naar De Cock op. 'Moet jij die Harry hebben?'
'Als jij mij vertelt waar ik hem vinden kan?'
Smalle Lowietje maakte een schouderbeweging.
'Ik zal wat navraag moeten doen.' Hij schoof zijn onderlip naar voren. 'Ik zou maar voorzichtig zijn.'
'Waarom?'
'Dat gozertje is bloedlink... tot alles in staat.'
De Cock keek hem onderzoekend aan.
'Ook tot moord?'
Smalle Lowietje knikte traag.
'Zelfs tot moord.'

* bargoens voor meisje

5

Op het Stationsplein stapte De Cock uit de tram en liep in een stroom van reizigers naar het Damrak. Na een paar donkere regendagen liet de zon zich weer eens uitbundig zien. Ze straalde in het hemelsblauw met hier en daar een wulps schapewolkje voor het decor.
Zonnig zomers Amsterdam bood een vrolijk vriendelijk aanzien. De niet langer in regenplastic verpakte meisjes en jonge vrouwen toonden luchtige kleurrijke toiletjes, waarin hun bekoorlijke vormen volledig tot hun recht kwamen.
De Cock keek om zich heen en genoot. Verholen. Zijn puriteinse ziel liet hem niet toe zich onbeschaamd aan al dat schoons te vergapen. Toch voelde hij zich ineens jong... jonger dan zijn jaren telden. Hij schoof zijn oude vilten hoedje tot ver achter in zijn nek en floot uiterst vals een Sinterklaaslied. Als De Cock floot was dat altijd een Sinterklaaslied, ongeacht of de Goedheiligman in het land was of niet. Meest was dat *O, kom er eens kijken wat er in mijn schoentje zit,* want zijn repertoire was beperkt.
Bij de Oudebrugsteeg stak hij met tintelend plezier voor een juist aanstormende tram de rijbaan van het Damrak over en zwaaide joviaal naar een potige penozejongen, van wie hij wist, dat hij weer net uit de bajes was ontslagen.
In de Warmoesstraat, voor de ingang van het beruchte politiebureau, bleef hij even staan en keek op zijn polshorloge. Hij was ruim een half uur te laat. En ook dat stemde hem tot genoegen.
Toen hij de hal van het politiebureau binnenstapte, riep Jan Kusters hem van achter de balie. De Cock liep schuifelend op hem toe.
'Goedemorgen,' riep hij jolig.
De wachtcommandant duimde over zijn schouder.
'Die jongen in cel vijf wil met je praten.'
'Marinus van de Heuvel?'
'Ja.'
De Cock knikte. 'Nog even geduld,' sprak hij gelaten. 'Ik kom hem zo halen.' Met twee treden tegelijk liep hij de stenen trappen op naar de tweede etage.
In de grote recherchekamer zat Vledder achter zijn bureau en liet zijn vingers razendsnel over de toetsen van zijn elektronische schrijfmachine glijden.

De Cock wierp zijn hoedje naar de kapstok en deed zijn onafscheidelijke regenjas uit. Daarna slenterde hij naar zijn bureau.
Vledder liet zijn vingers rusten en keek naar hem op.
'Je bent laat. De wachtcommandant beneden heeft al een paar maal naar je gevraagd.'
De Cock knikte.
'Ik heb net met hem gesproken. Marinus van de Heuvel wil met mij praten.'
Vledder spreidde zijn beide handen.
'Ik had hem ook wel uit zijn cel kunnen halen,' sprak hij verontschuldigend, 'maar ik heb weinig tijd. Ik moet al over een paar minuten weg. De assistent van dokter Rusteloos heeft gebeld. De gerechtelijke sectie is een half uur vervroegd.'
De Cock fronste zijn wenkbrauwen.
'Heb je Ben Kreuger op de hoogte gebracht?'
'Ja.'
'En denk je om het mes?'
'Ook dat.'
De Cock liet zich in zijn stoel zakken.
'Verder nog bijzonderheden?'
Vledder leunde voorover, met zijn armen rustend op zijn schrijfmachine. 'Ik heb vanmorgen bij de Herkenningsdienst nog wat over Annelies van Haemstede nagetrokken.'
'En?'
De jonge rechercheur maakte een schouderbeweging.
'Buiten haar medeplichtigheid aan die bankoverval aan de Pieter Calandlaan waren er enige kleine, onbetekenende diefstalletjes. Verder niets.'
De Cock hield zijn hoofd iets schuin.
'En die valsheid in geschrifte, waarmee ze de bankrekening van haar vader plunderde?'
Vledder schudde zijn hoofd.
'Blijkbaar heeft haar vader daarvan nooit aangifte gedaan. We hebben er niets van.' Hij kwam weer overeind. Zijn gezicht stond ernstig. 'Weet je wie wel heel wat misdrijven op zijn naam heeft staan... waaronder opmerkelijk veel daden van geweld?'
'Nou?'
'Harry Devoorde.'

De Cock keek in het smalle bleke gezicht van Marinus van de Heuvel, bezag de iets oplopende jukbeenderen en zocht naar de lichtblauwe, diep in de kassen verzonken ogen.
'Je wilde met mij praten?'
'Ja.'
De Cock toonde verbazing.
'Wij hebben gisteren toch al uitgebreid met elkaar gesproken?' Hij grijnsde een tikkeltje vals. 'Of wil je alsnog bekennen, dat jij de man was, die Annelies een mes tussen haar schouderbladen duwde?'
Marinus van de Heuvel schudde zijn hoofd.
'Ik was het niet,' reageerde hij fel. 'Dat moet u van mij geloven.'
De Cock maakte een berustend gebaar.
'Waar wil je dan over praten?'
Marinus van de Heuvel keek naar hem op.
'Wanneer wordt ze begraven?'
'Annelies van Haemstede?'
'Ja.'
'Overmorgen, denk ik.'
'Kan ik mee?'
De Cock fronste zijn wenkbrauwen.
'Naar de begrafenis?' vroeg hij ongelovig.
Marinus van de Heuvel knikte traag.
'Ik heb toch meer dan een jaar met haar samengewoond.' Zijn stem trilde een beetje. 'Ik hield van Annelies.' Om zijn mond gleed een trieste glimlach. 'Op mijn manier dan. Dat stelt misschien niet zo bar veel voor. Ik bedoel... ik weet best, dat je in dat opzicht van mij niet zoveel kan verwachten. Maar ik heb toch heel vaak voor haar gescoord... haar verzorgd als ze weer eens ziek was.'
De Cock keek hem schattend aan.
'En dan op de begraafplaats in de consternatie stiekem aan de haal.'
Marinus van de Heuvel zwaaide wild.
'Nee, nee,' riep hij driftig. 'Daar vraag ik het niet voor. Het is helemaal niet mijn bedoeling om de poten te nemen. Ik wil er gewoon bij zijn als ze wordt begraven. Is dat nu zo gek?' Hij slikte. Zijn adamsappel wipte op en neer. 'U kunt mij toch boeien... een stok in mijn broek steken*?'

* om vluchten te voorkomen; een lange stok, die met riemen aan zowel het onder- als het bovenbeen wordt vastgemaakt

De Cock schudde zijn hoofd.
'Ik... eh, ik voel er niet zo veel voor,' reageerde hij met twijfel.
Marinus van de Heuvel boog zich iets naar hem toe.
'En als ik u nu vertel wie Annelies van Haemstede heeft vermoord?'
De Cock kneep zijn ogen half dicht.
'Hoe bedoel je dat?' vroeg hij wantrouwend.
Marinus van de Heuvel spreidde zijn beide handen.
'Heel simpel... ik noem u de naam van de moordenaar en in ruil daarvoor laat u mij naar de begrafenis van Annelies van Haemstede gaan.'
De Cock reageerde niet direct. Op zoek naar oprechtheid tastte zijn scherpe blik de gelaatstrekken van de jongeman af. Hij wist uit ervaring hoe onbetrouwbaar verslaafde lieden konden zijn. Langzaam schudde hij zijn hoofd.
'Ik maak met jou geen deal, Marinus,' sprak hij gedragen. 'Geen handje-klap... geen gesjoemel. Zo werkt dat bij mij niet. Jij doet jouw verhaal... uit vrije wil en ik beslis achteraf of jij uit gevoelsoverwegingen naar de begrafenis van Annelies van Haemstede gaat. Begrijp je, geen gestelde voorwaarden... geen toezeggingen vooraf.'
Op het gezicht van Marinus van de Heuvel kwam een nukkige trek. Hij liet zijn hoofd hangen en zweeg.
De Cock wreef over zijn brede kin, liet zich in zijn stoel terugzakken en wachtte. Eerst na enkele minuten boog hij zich weer naar voren.
'Jij weet wie Annelies vermoordde?'
'Ja.'
'En je weet waarom?'
'Ook dat.'
De Cock kneep zijn lippen op elkaar.
'Wie?'
Marinus van de Heuvel keek naar hem op.
'De begrafenis,' sprak hij stug.
De Cock schudde zijn hoofd.
'Daar beginnen we niet opnieuw over. Dat onderwerp is afgedaan.' Hij keek de jongeman strak aan. 'Wie?' herhaalde hij.
Marinus van de Heuvel zuchtte diep.
'Annelies van Haemstede,' begon hij traag, 'heeft enige jaren geleden samen met een man een overval gepleegd op een bank hier in Amsterdam aan de Pieter Calandlaan. Omdat Annelies de achteruit-

kijkspiegel van hun gestolen vluchtwagen even anders stelde, liet zij haar vingerafdrukken achter. Ze werd door de politie gepakt, maar weigerde tijdens de verhoren de naam te noemen van de man met wie zij de overval had gepleegd. Dat was heel slim van Annelies, want had ze de naam van die man wel genoemd, dan zou vrijwel zeker ook de buit in handen van de politie zijn gevallen.'
De Cock knikte begrijpend.
'Door te zwijgen stelde ze de buit veilig.'
'Precies.'
De Cock grinnikte vreugdeloos.
'Daarbij rekende ze erop, dat haar mededader een gedeelte van de buit voor haar zou bewaren voor als ze weer vrijkwam.'
Marinus van de Heuvel staarde somber voor zich uit.
'Ze heeft er nooit een cent van gezien.'
De Cock plukte aan zijn onderlip.
'Hoelang ken je dat verhaal al?'
'Ruim een week.'
'Heeft Annelies het je verteld?'
Marinus van de Heuvel knikte.
'Ze zei: ga mijn aandeel maar halen.'
De Cock keek de jongeman met grote ogen aan.
'Wat?' reageerde hij verrast.
Marinus van de Heuvel plukte nerveus aan de mouw van zijn jack. Op zijn bleke gezicht kwam wat kleur.
'Dat zei Annelies. Ga maar naar de *Christoffel*, zei ze, dat is een oude roestige schuit. Ze ligt aan de Amstel even voorbij de Utrechtsebrug. Daar, op die schuit, zal hij wel zijn.'
'Wie?'
Marinus van de Heuvel likte aan zijn droge lippen.
'Harry... Harry Devoorde.'
'Ben je gegaan?'
'Ja.'
'En?'
'Die Harry Devoorde bleek een rotvent. Ik begrijp niet hoe Annelies ooit met zo'n mirakel heeft kunnen omgaan. Hij lachte mij vierkant uit. Als ze poen wil hebben, zei hij, dan moet ze zelf maar komen.'
De Cock keek de jongeman schuins aan.
'Heb jij aan die Harry Devoorde verteld waar jij en Annelies woonden?'

'Ja, dat was stom. Dat had ik nooit moeten doen.'
'Is Annelies zelf gegaan?'
Marinus van de Heuvel schudde zijn hoofd.
'Annelies voelde zich te ziek. Ze kon bijna niet op haar benen staan. Ga jij maar weer, zei ze. En als hij dit keer niet over de brug komt, dan zeg je hem maar, dat ik er voor zal zorgen dat hij wordt opgepakt.'
De Cock zuchtte.
'En dat verhaal heb jij gedaan?'
Marinus van de Heuvel sloeg zijn beide handen voor zijn gezicht. Zijn lichaam trilde.
'Hij wilde mij aan het mes rijgen,' hijgde hij. 'Een woesteling, een idioot. Hij schreeuwde: Ik weet wat ik met verraders doe. In paniek ben ik van die schuit af gevlucht. Doodsbang. Als een schichtig vogeltje heb ik de hele verdere dag door de stad gezworven en toen ik die avond laat in de Monnikenstraat terugkwam... lag Annelies daar met een mes in haar rug.'

6

'Hoe was de sectie?'
Vledder maakte een grimas.
'Dokter Rusteloos had weer eens haast. Hij moest er na deze vandaag nog vier doen. Daarom begon hij vanmorgen ook een half uur eerder.'
'Vijf... allemaal moord?'
Vledder knikte.
'Twee met een mes, één met een bijl, één met een vuurwapen en een geval van vergiftiging.'
De Cock snoof.
'Een rijke oogst. Vroeger was moord frontpaginanieuws. Vaak dagenlang. Nu is het nauwelijks interessant meer. Moord is in onze samenleving zo gewoon geworden, dat de kranten er nog maar een paar regels aan wijden.'
Vledder negeerde de opmerking. Hij wierp kletterend een plastic zak op het bureau van De Cock.
'Het mes.'
De oude rechercheur pakte de plastic zak op.
'Is het schoon?'
Vledder grinnikte.
'Bang?'
De Cock schudde zijn hoofd.
'Voorzichtig.'
Vledder gebaarde naar de plastic zak.
'Ben Kreuger heeft het mes op vingerafdrukken onderzocht terwijl het nog in het lijk stak. Daarna heeft dokter Rusteloos het mes voorzichtig verwijderd en zijn assistent heeft het schoongemaakt en ontsmet. Volgens hem kan je het nu gerust aanpakken.'
De Cock legde de plastic zak met het mes in een lade van zijn bureau en blikte naar Vledder.
'Heb jij het bekeken?'
De jonge rechercheur knikte.
'Het is een vrij groot keukenmes met een lemmet van negentieneneenhalve centimeter, eindigend in een scherpe punt. In het staal staat 'Inox – Thiers France'. Ik ben bang, dat wij er voor ons onderzoek weinig aan hebben. Er zijn duizenden van die messen.' Hij liet zich

in zijn stoel achter zijn bureau zakken en gebaarde voor zich uit. 'Wat had onze vriend Marinus van de Heuvel zo dringend te vertellen?'
De Cock grijnsde.
'Hij is er van overtuigd, dat Annelies van Haemstede door Harry Devoorde werd vermoord.'
Vledder keek hem verbaasd aan.
'Kende hij die?'
De Cock knikte.
'Annelies had Marinus van de Heuvel naar een schuit aan de Amstel gestuurd om van Harry Devoorde haar deel van de buit bij de bankoverval op te eisen.'
'En?'
'Harry weigerde. Toen stuurde ze Marinus voor de tweede maal. Nu met de mededeling, dat zij er voor zou zorgen dat Harry Devoorde door de politie werd opgepakt als hij niet over de brug kwam.'
Vledder floot tussen zijn tanden.
'Dat is link.'
De Cock grinnikte.
'Dat ondervond Marinus onmiddellijk. Harry Devoorde dreigde hem van kant te maken. Hij is ook doodsbenauwd, dat hem hetzelfde lot wacht als Annelies.'
'Een mes tussen zijn schouderbladen.'
'Precies.'
Er werd luid op de deur van de recherchekamer geklopt en Vledder riep: 'Binnen'. Het klonk geprikkeld.
De deur ging open en in de deuropening verscheen een jongeman, gevolgd door een al wat oudere vrouw. De Cock schatte de jongeman op voor in de dertig. De leeftijd van de oudere vrouw was moeilijk te schatten. Haar haren waren zilvergrijs, maar de uitstraling van haar gezicht was met dat grijs in tegenspraak. Schuchter traden ze naderbij.
De Cock vatte snel een tweede stoel en schoof die naast zijn bureau.
De jongeman liep op hem toe en gebaarde opzij.
'Ik heb moeder maar meegenomen.'
De grijze speurder wist niet goed hoe hij op die mededeling moest reageren. Hij wees naar de stoelen naast zijn bureau.
'Gaat u zitten,' sprak hij vriendelijk. 'Waarmee kan ik u van dienst zijn?'

De moeder schoof haar stoel iets terug. Daarna namen zij beiden plaats. De jongeman boog zich naar De Cock toe. 'Ik ben Jean-Paul,' sprak hij zacht en verlegen. 'Jean-Paul van Capelle. Ik heb van Justus van Haemstede gehoord van... eh, van dat verschrikkelijke wat er met Annelies is gebeurd. Daar komen moeder en ik voor.'
De Cock glimlachte beminnelijk.
'Zegt u het maar.'
Jean-Paul van Capelle keek even opzij naar zijn moeder. 'We weten niet of het van belang is... voor u... voor uw onderzoek.'
'Wat?'
Jean-Paul zuchtte.
'Annelies heeft ons gebeld.'
'Wanneer?'
Jean-Paul van Capelle dacht even na.
'Een dag of tien geleden. Ze had moeder aan de lijn. Annelies vroeg hoe het met ons ging. Ik ben vroeger met haar verloofd geweest.' Hij keek weer even opzij naar zijn moeder. 'Het was een... eh, een soort gelegenheidsbabbeltje.'
'Belde ze wel meer?'
Jean-Paul schudde zijn hoofd.
'Nooit. Nadat onze verloving was verbroken, hebben we geen contact meer met elkaar gehad. Ik was dan ook stomverbaasd toen ik van moeder hoorde, dat Annelies had gebeld.'
De Cock keek naar de moeder.
'Hoe heet u?'
De vrouw verschoof iets op haar stoel.
'Debora... Debora van Capelle-Peeters.'
'Wat was uw idee van het gesprek?'
Debora van Capelle glimlachte. Het gaf aan haar strak gezicht een vriendelijke glans. 'Ik dacht... eh, die wil iets, maar durft daar niet mee voor de dag te komen. Eerst op het eind van het gesprek vroeg ze naar Jean-Paul. Die was niet thuis. Bel vanavond maar terug, zei ik, dan is hij er wel.'
'Belde ze terug?'
Jean-Paul knikte.
'Ik heb met haar gesproken. Ze vertelde mij, dat het niet zo best met haar ging en dat ze mij graag nog een keer wilde zien... dat ze nog vaak aan mij dacht en dat soort dingen. Ze zei, dat ze in de omgeving

van de Nieuwmarkt woonde, in de Monnikenstraat in een kraakpand. Ze vroeg of ik naar haar toe wilde komen.' Hij zweeg even en beet op zijn onderlip. 'Daar... eh, daar voelde ik niet zo bar veel voor.'
'Waarom niet?'
Het gezicht van Jean-Paul betrok.
'Ik wist, dat Annelies verslaafd was aan drugs. Dat was ook de reden, dat ik destijds onze verloving heb verbroken. Ze gebruikte ook toen al.'
De Cock keek hem onderzoekend aan.
'Bent u haar gaan opzoeken?'
Jean-Paul van Capelle liet zijn hoofd iets zakken en antwoordde niet. Daarna blikte hij opzij naar zijn moeder, alsof hij van haar steun verwachtte.
Intussen nam De Cock beiden eens goed in zich op. Jean-Paul, zo constateerde hij, leek sprekend op zijn moeder, dezelfde regelmatige gelaatstrekken, dezelfde donkerbruine ogen, dezelfde mond en volle, sensuele lippen. Alleen de kleur van hun haar verschilde. Het haar van Jean-Paul was donkerblond met een rosse gloed.
'Bent u haar gaan opzoeken?' herhaalde De Cock na enkele seconden.
Jean-Paul van Capelle knikte traag.
'De volgende avond zo rond een uur of tien. Ze vroeg mij om niet eerder te komen want dan was haar vriend nog bij haar. Ze vertelde mij ook hoe ik het kraakpand vinden kon... hoe het er van buiten uitzag... en waar haar kamertje lag op de eerste verdieping.' De jongeman zweeg even en zuchtte. 'Het was erg donker in haar kamertje,' ging hij verder. 'Er brandde alleen een petroleumstel. Dat walmde een beetje en stonk. Toen ik in het schaarse licht haar gezicht zag, schrok ik. Ze zag er slecht uit. Onverzorgd. Ze vroeg of ik geld voor haar had voor drugs. Ik heb haar alles gegeven wat ik bij mij had... een paar honderd gulden.' De jongeman slikte en in zijn donkerbruine ogen blonk een traan. 'Plotseling pakte ze mij vast en zei: Dit is ons afscheid, Jean-Paul... voor eeuwig. Binnenkort gebeurt er iets ergs met mij... iets heel ergs. Ik ga sterven.'
Jean-Paul van Capelle huilde, stil, bijna onhoorbaar. Troostend strekte zijn moeder haar hand naar hem uit. De Cock liet hem even begaan. Hij zag toe hoe hij een zakdoek pakte en zijn tranen droogde.

'Heeft Annelies nog een uitleg gegeven... waarom ze zou sterven... waardoor?'
Jean-Paul van Capelle schudde zijn hoofd.
'Ze herhaalde het alleen... oneindig... ik ga sterven... ik ga sterven...' Hij kneep even zijn beide ogen stijf dicht en op zijn gezicht kwam een smartelijke trek. 'Ik kon het op het laatst niet meer aanhoren en ben het kamertje uitgerend.'

De Cock keek Jean-Paul van Capelle en zijn moeder met gemengde gevoelens na. Toen de deur van de grote recherchekamer achter hen dichtviel, streek hij met zijn rechterhand over zijn grijze haren en zuchtte.
'Ik kon er niets aan doen,' sprak hij schamper, 'maar ik had visioenen van een scène uit een of andere opera.'
Vledder keek hem vragend aan.
'Wat doen we met zo'n verhaal?'
De Cock trok zijn schouders op.
'Ik denk, dat Annelies van Haemstede haar ziekte juist had ingeschat en begreep, dat ze spoedig aan de gevolgen van aids zou sterven. In dat licht bezien, is het niet zo vreemd, dat zij voor haar dood nog eens een ontmoeting wilde hebben met Jean-Paul van Capelle, een jongeman met wie zij eens verloofd was geweest. Ik kan dat emotioneel wel vatten.'
Vledder grinnikte vreugdeloos.
'Maar waarom komt dat moederszoontje naar ons met dat verhaal?'
De Cock keek naar hem op.
'Hoe noem je hem?'
Vledder lachte.
'Moederszoontje.'
De Cock veinsde verbazing.
'Zijn alle mannen geen zonen van hun moeder?'
Vledder reageerde verongelijkt.
'Je weet best wat ik bedoel,' snauwde hij bits. 'Heb je gezien hoe hij naar haar keek? Volgens mij is die Jean-Paul van Capelle niet volwassen en wordt hij dat ook nooit.'
De Cock snoof.
'Dat heeft hij dan met vele mannen gemeen.' Hij stak zijn beide handen naar voren en drukte zijn vingertoppen tegen elkaar. 'We kunnen er gerust van uitgaan,' ging hij op veranderde toon verder,

'dat Jean-Paul van Capelle niet wist, dat Annelies van Haemstede zo ernstig ziek was. Wanneer zijn vroegere verloofde dan na jaren plotseling contact met hem zoekt en uitroept: Ik-ga-sterven en hij hoort een paar dagen later van haar broer, dat zij op gewelddadige wijze om het leven is gebracht, dan krijgt zo'n kreet ik-ga-sterven toch een andere betekenis?'
Vledder knikte traag.
'Ik begrijp je. Je bedoelt, dat er dan een verband ligt met de moord.'
'Precies.'
Vledder schudde peinzend zijn hoofd.
'Het blijft alles bijeen toch een vreemde zaak. Weet je wat mij ook zo onbegrijpelijk voorkomt?'
'Nou?'
'Waarom Annelies van Haemstede eerst twee jaar na de bankoverval een gedeelte van de buit opeist! Ze moet toch al langer hebben geweten, dat Harry Devoorde op een schuit aan de Amstel verbleef?'
De Cock kwam met een ruk uit zijn stoel overeind en beende naar de kapstok.
Vledder kwam hem na.
'Waar ga je heen?'
De Cock draaide zich half om.
'Harry Devoorde... ik was hem bijna vergeten.'

7

Vledder reed de oude politie-Volkswagen heel voorzichtig van de gladde houten steiger achter het politiebureau. Sinds hij op een regenachtige dag bijna in het water van het Damrak was gereden, nam de jonge rechercheur geen risico's meer.
Hoewel de avondspits al ruim voorbij was en de schemering de binnenstad omarmde, was het razend druk op de weg. Traag kropen ze in een file naar de Dam.
De Cock blikte om zich heen. Tot zijn verbazing waren alle zaken open en trokken drommen kooplustigen het imposante gebouw van De Bijenkorf binnen.
'Hebben we geen winkelsluitingswet meer?' bromde hij. 'Is die ook al afgeschaft?'
Vledder grinnikte.
'Je loopt achter. Het is donderdag... koopavond. Vandaar die drukte.'
De Cock liet zich mopperend onderuitzakken. Koopavonden interesseerden hem niet. Hij kwam nooit in winkels. Alles wat hij nodig had, kocht zijn vrouw. Zelfs de aanschaf van een nieuw kostuum, nieuwe schoenen en een stropdas, liet hij aan haar over.
Voorbij de Dam, op het Rokin, kwam er wat meer ruimte in het verkeer. Ze reden langs de nieuwe Vroom & Dreesmann en de oude Munttoren de Vijzelstraat in naar de Vijzelgracht. Ook hier een file. Vledder schold onbehoorlijk op een automobilist, die pal voor hem voor een oranje verkeerslicht stopte.
'Hij had er nog makkelijk door gekund,' riep hij heftig zwaaiend.
De Cock schudde afkeurend zijn hoofd.
'Die man heeft gelijk,' sprak hij kalm. 'Je behoort ook voor het oranje licht te stoppen.'
Vledder protesteerde.
'Dat doet toch niemand meer.'
De oude rechercheur reageerde fel.
'Er is zoveel dat niemand meer doet. De bereidheid onder de mensen om zich aan wetten, normen en waarden te houden, wordt steeds minder.' Hij spreidde zijn beide handen. 'Tegels voor je tuinpad haal je uit het trottoir... coniferen voor je tuin pik je uit het gemeenteplantsoen en de balkjes voor je volière jat je uit de bouw. Heb je

verder nog zaken nodig... ga je proletarisch winkelen.'
Het verkeerslicht sprong op groen en Vledder trok op.
'En iemand die je niet meer zint,' vulde hij cynisch aan, 'steek je overhoop.'
'Zoals Annelies van Haemstede?'
Vledder negeerde de opmerking. Er kwam een denkrimpel in zijn voorhoofd.
'Zou die Harry Devoorde nog iets van zijn buit van een miljoen over hebben?'
'Je bedoelt, na ruim twee jaar?'
'Precies. In de regel is dat soort jongens na een paar maanden al weer platzak.'
De Cock glimlachte.
'Volgens vriend Smalle Lowietje geeft hij er nog steeds 'snippen' van uit.'
Vledder gniffelde.
'Er zitten heel wat 'snippen' in een miljoen... tienduizend... als ik het goed heb.'
Vledder stuurde de gammele politiewagen na het Weteringcircuit links bij Heineken langs de Stadhouderskade op. Een tijdlang zwegen beiden.
Plotseling drukte De Cock zich omhoog. Op zijn breed gezicht lag een pijnlijke expressie.
'Weet je,' sprak hij peinzend, 'welke vraag mij nog steeds bezighoudt?'
'Nou?'
'Wie is de onbekende man, die Justus van Haemstede belde en hem de mededeling deed, dat zijn zuster Annelies van Haemstede vermoord in een kraakpand aan de Monnikenstraat lag?'

De Amstel glinsterde lieflijk in het zilver van bleek maanlicht. Een fraai gelijnd motorjacht gleed met schuimend boegwater in de richting van de oude stad.
De Cock keek er geboeid naar. De oude rechercheur hield van die sterk kronkelende rivier, waaraan Amsterdam haar naam had te danken. Hij ergerde zich alleen al jaren aan de ontsierende series lelijke roestige onverzorgde schuiten aan haar oever, die hem soms het uitzicht over het water benamen. Hij begreep niet, dat de gemeente Amsterdam dat gedoogde, maar bedacht op hetzelfde mo-

ment, dat in het tolerante Amsterdam nu eenmaal veel werd 'gedoogd'. Over zijn breed gezicht dartelde een glimlach. Die vaak doorgeschoten tolerantie deed zijn liefde voor de stad niet bekoelen.
Ze reden onder de Utrechtsebrug door. Hoog boven hen raasde in een driftig tempo het verkeer.
Vledder verminderde de snelheid van de Volkswagen en schakelde in een lagere versnelling. Hij blikte opzij.
'Hoe heet die schuit?'
'Christoffel.'
'Weet je hoe hij eruitziet?'
De Cock schudde zijn hoofd.
'Die naam *Christoffel* zal wel ergens staan. Als je rustig rijdt, dan moeten we het zien. Marinus van de Heuvel heeft de schuit ook gevonden.'
Toen ze in een matig gangetje langs een reeks schuiten in velerlei vorm en gedaante hadden gereden zonder een *Christoffel* te hebben opgemerkt, bracht Vledder de Volkswagen bij de ingang van de begraafplaats Zorgvlied tot stilstand. Hij gebaarde voor zich uit.
'Wat doen we... rijden we nog verder de Amstel op?'
De Cock wreef nadenkend over zijn kin.
'Volgens Marinus van de Heuvel lag hij even voorbij de Utrechtsebrug. Ik denk toch, dat we er aan voorbij zijn gereden.'
Vledder trok achteloos zijn schouders op.
'Misschien ligt die schuit er niet meer... hebben ze hem versleept.'
De Cock reageerde niet.
'Rij er nog maar eens langs.'
Vledder keerde de wagen. Bijna stapvoets reden ze opnieuw langs een serie oude schuiten.
De Cock wees schuin rechts voor zich uit.
'Daar... op de platte kont van die afgetuigde klipperaak... *Christoffel*. Toen we van de andere kant kwamen, was het niet te zien.' Hij blikte om zich heen. 'Het lijkt mij niet verstandig om de wagen hier pal bij die schuit te laten staan. Parkeer hem maar onder de brug. Daar staan nog meer auto's.'
Vledder boog quasi deemoedig zijn hoofd.
'Oké, baas.'
De Cock bromde.
'Ik ben je baas niet,' reageerde hij kribbig.
De jonge rechercheur reed glimlachend verder. Onder de Utrechtse-

brug stapten ze uit en ze slenterden terug. Het was stil op dit stuk van de Amstel. De silhouetten van de vaartuigen tekenden zich tegen het maanlicht af en wierpen lange schaduwen op het wegdek. Wanneer ze door de deining werden strakgetrokken, kreunden de kabels waaraan de schuiten waren vastgelegd.
Bij de *Christoffel* bleven ze staan. De oude klipperaak zag er ongenaakbaar uit. Een smalle loopplank liep van de oever schuin omhoog.
Vledder boog zich iets naar De Cock toe.
'Zou hij er zijn?' vroeg hij fluisterend.
De Cock schudde traag zijn hoofd.
'Dat vermoed ik niet... niet om deze klok. Als ik die Harry Devoorde goed inschat, dan zal hij nu wel in een of andere kroeg zitten. De meeste kans om hem te arresteren is in de vroege morgen.'
Vledder keek hem verrast aan.
'Wat doen we hier dan?'
De Cock gebaarde omhoog.
'Poolshoogte nemen, zodat wij later niet voor onaangename verrassingen komen te staan. Zo'n schuit biedt nogal wat mogelijkheden om je te verbergen. En ik denk er niet aan om voor zijn arrestatie een heel peloton ME-ers te laten opdraven.'
De oude rechercheur zweeg, luisterde nog even naar het klotsen van het water en liep toen, balancerend als een koorddanser, de smalle loopplank op.
Vledder volgde.
Aan het einde van de loopplank klom De Cock over de reling. Het vastpakken van het klamme ijzer bezorgde hem een koude rilling. Voorzichtig schuifelde hij door het gangpad en schrok van een grote zwarte rat, die sissend langs zijn voeten gleed.
Op de voorplecht, bij de gebogen ingang tot de roef, bleef hij staan en bekeek de twee lage toegangsdeurtjes. Er waren aan de buitenzijde geen haken en geen hangslot. Hij pakte een van de twee koperen krukken vast en draaide. Tot zijn verbazing ging het deurtje open.
De oude rechercheur nam zijn zaklantaarn en bescheen een houten trap. De smalle treden waren met geribd koper afgezet. Omzichtig, treetje voor treetje, zakte hij naar beneden.
Vledder kwam hem na.
De Cock liet het ovaal van licht uit zijn zaklantaarn door de lage roef

spelen. Het zag er wanordelijk uit. Truien, broeken en hemden lagen over de vloer verspreid. Links op een bank was een geïmproviseerde slaapplaats met vervuilde dekens en een matras, waar de kapok uit puilde. Op een ruw houten tafel stonden een volle asbak, een leeg bierflesje, een paar hompen brood en een slordig opengemaakt conservenblik met op de bodem resten van een vette vleespastei.
Vledder trok zijn neus op.
'Woont die vent hier?'
In zijn stem klonk twijfel.
De Cock knikte traag.
'Het lijkt erop.'
Vledder schudde verbijsterd zijn hoofd.
'Wat een zwijnestal. En dat voor een man die een miljoen bezat.'
De Cock liet het licht van zijn zaklantaarn langs de wanden dwalen. Het ovaal bleef rusten op een licht gekrulde foto van een meisje die met een punaise in de betimmering was geprikt.
Vledder liep op de foto toe.
'Dat is Annelies,' riep hij verrast. 'Maar wel jaren jonger.'
De Cock spitste zijn oren en deed zijn zaklantaarn uit. Zijn scherp gehoor had het geluid van voetstappen opgevangen. Ze schuifelden over het dek naar de ingang van de roef.
De rechercheurs posteerden zich ieder aan een zijde van de trap. Langzaam daalde in het donker iemand naar beneden. De met koper afgezette houten treden kraakten. Geduldig, met ingehouden spanning, wachtten de beide rechercheurs tot het kraken ophield en de vloer van de roef was bereikt. Toen, in een flitsende beweging, greep Vledder de figuur in een houdgreep vast en De Cock scheen hem vol in zijn gezicht.
De mond van de grijze speurder zakte open.
'Justus van Haemstede... wat doet u hier?'

Ze reden van de stille Amstel weg. Het begon weer te regenen. Er kwamen spatten op de voorruit en Vledder zette de ruitewissers aan. Op het gezicht van de jonge rechercheur lag een norse trek. 'Je hebt hem gewoon laten vertrekken,' sprak hij verwijtend.
De Cock keek hem van terzijde aan.
'Wat had je dan gewild?'
In zijn stem trilde verbazing.
Vledder kneep zijn lippen op elkaar.

'Justus van Haemstede was vanavond bepaald niet mededeelzaam. We hadden hem mee kunnen nemen naar de Warmoesstraat voor een nader verhoor.'
De Cock schudde van nee.
'Op basis waarvan? Wat is je rechtsgrond? Kun je Justus van Haemstede iets ten laste leggen?'
Vledder gromde.
'Hij was zonder meer op zoek naar Harry Devoorde en niet met het doel om hem even vriendelijk over zijn bolletje te aaien.'
De Cock haalde zijn schouders op.
'En?' vroeg hij ongeduldig.
Vledder zuchtte omstandig.
'Op jouw vraag,' sprak hij kalm, 'wat hij op die schuit kwam doen, antwoordde Justus van Haemstede: *Annelies heeft postuum nog een rekening te vereffenen*. Ik weet niet hoe jij die woorden wilt interpreteren, maar naar mijn gevoel duiden ze op wraak.'
De Cock staarde voor zich uit.
'Annelies heeft postuum nog een rekening te vereffenen,' herhaalde hij peinzend. 'Je hebt gelijk, dat duidt op wraak... of misschien wil hij wel het gedeelte van de buit, dat naar zijn gevoel aan Annelies toekwam. Hij wilde daar niets over zeggen.' De oude rechercheur schudde wrevelig zijn hoofd. 'Maar wat zijn intenties ook mogen zijn geweest... er is nog niets gebeurd. Om strafbaar te zijn vraagt de wet nu eenmaal 'een begin van uitvoering'. En dat is er niet. Je kunt het afdalen in een niet afgesloten roef van een oude schuit moeilijk als 'een begin van uitvoering' beschouwen. Dat is justitieel niet haalbaar.'
Vledder klapte met zijn vuist op het stuurwiel.
'Daar komen brokken van.'
'Waarvan?'
'Van de confrontatie tussen die twee. De beschaafde en altijd zo keurig geklede Justus van Haemstede is toch geen partij voor een door de wol geverfde crimineel als Harry Devoorde... een man die bovendien niet voor een moord terugdeinst.'
De Cock liet zich onderuitzakken.
'Je kunt mensen niet tegen zichzelf beschermen,' sprak hij berustend. 'Dat is onze taak ook niet. Justus van Haemstede is geen domme man. Integendeel. Volgens mij is hij bijzonder intelligent. Als zo'n man zich in de nesten wil werken, dan is dat zijn zaak...

zijn verantwoordelijkheid.' Hij zweeg even. Nadenkend. 'Het lijkt mij toch nuttig om die keurige Justus van Haemstede niet uit het oog te verliezen. Hoe wist hij van de *Christoffel* aan de Amstel... en dat Harry Devoorde mogelijk op die schuit was te vinden? Waar heeft hij die kennis vandaan? Weet hij misschien meer van die bankoverval aan de Calandlaan dan alleen het feit, dat zijn zuster en die Harry Devoorde daarbij betrokken waren?'
Vledder blikte verrast opzij.
'Je bedoelt,' riep hij enthousiast, 'dat hij er mogelijk zelf aan heeft deelgenomen?'
De Cock antwoordde niet. Zwijgend reden ze verder. De regen was in hevigheid toegenomen en had de mensen van de straten verdreven. De keitjes van het Damplein lagen er verlaten bij. Ook het brede trottoir van het Damrak was schoongespoeld.
Vledder keek op zijn horloge.
'Het is al over half elf. Zal ik doorrijden en je naar huis brengen?'
De Cock drukte zich omhoog en schudde zijn hoofd.
'Ik wil eerst nog even naar de Kit. Misschien zijn er nieuwe ontwikkelingen.'
Vanaf het Damrak reed Vledder rechts de Oudebrugsteeg op en parkeerde de politie-Volkswagen voorzichtig op de houten steiger. Ze stapten uit en slenterden door een gutsende regen naar de Warmoesstraat. Twee jonge dienders met een druipende dronken sloeber in hun midden liepen voor hen uit het politiebureau binnen.
Toen de beide rechercheurs in de hal kwamen, riep Jan Kusters hen van achter de balie naderbij. Zijn gezicht stond somber.
De Cock keek hem onderzoekend aan.
'Wat is er?'
De wachtcommandant liet zijn hoofd iets zakken.
'Marinus van de Heuvel is ontvlucht.'

8

De Cock reageerde verrast.
'Ontvlucht?' vroeg hij ongelovig.
'Ja.'
'Dat... eh, dat is jou nog nooit gebeurd.'
Jan Kusters schudde zijn hoofd.
'Ik ben in de regel ook erg voorzichtig.'
'Hoe kan het dan?'
De wachtcommandant gebaarde voor zich uit.
'Jullie waren nog maar net de deur uit toen Marinus van de Heuvel vanuit zijn cel belde. Omdat ik maar weinig volk in de wachtkamer had, ben ik zelf gaan kijken. Van de Heuvel zei, dat hij zich erg ziek voelde... afkickverschijnselen had... en vroeg met spoed om een dokter.'
Jan Kusters zweeg even. 'Ik... eh, ik vond inderdaad dat die jongen er belabberd uitzag. Ik heb toen onmiddellijk een dokter van de geneeskundige dienst laten komen. Die was er in een paar minuten.'
De wachtcommandant maakte een verontschuldigend gebaar. 'Ik heb hem toen even met de dokter alleen gelaten.'
'En toen?'
'Hij heeft de dokter een zwieper gegeven.'
De Cock grijnsde.
'Toen ging hij ervandoor.'
Jan Kusters knikte met een bedroefd gezicht.
'Zo ziek was hij dan toch niet.'
De Cock legde vertrouwelijk zijn hand op de schouder van de wachtcommandant.
'Maak je geen zorgen, Jan,' sprak hij troostend. 'We pakken hem wel weer.' Plotseling kwam er in zijn ogen een kleine twinkeling. De grillige accolades langs zijn mond dansten vrolijk. 'Dit is natuurlijk wel *de* oplossing voor ons cellentekort.' Om de wachtcommandant niet tegen zich in het harnas te jagen, veranderde hij onmiddellijk weer van toon. 'Heb je een telexbericht verzonden... voor zijn opsporing?'
Jan Kusters wees naar het telexapparaat naast zijn bureau. 'Al na een goed half uur. Ik heb eerst een koppeltje agenten naar dat kraakpand aan de Monnikenstraat gestuurd. Ik dacht, misschien is hij naar dat

pand teruggegaan. Ik heb ook in de hal van het Centraal Station laten kijken. Daar wil men nog weleens zijn toevlucht zoeken. Toen hij ook daar niet was, heb ik zijn opsporing verzocht.' Er kwamen rimpels in zijn voorhoofd. 'Dat was ik in al die consternatie bijna vergeten... er zit boven nog een man op je te wachten.'
'Al lang?'
'Een kwartiertje.'
'Heeft hij z'n naam genoemd?'
Jan Kusters knikte.
'Emile de Boer.'
De Cock draaide zich om en liep de stenen trap op. Moeizaam, want de dag vorderde. Vledder volgde met meer souplesse.
Op de bank naast de deur naar de grote recherchekamer zat een man. De Cock schatte hem op begin veertig. Hij droeg een blauw plastic regenpak, waar het water van af drupte. Ook de donkerblonde haren op zijn kalende schedel waren nat.
Toen de man de oude rechercheur in het oog kreeg, stond hij op en liep op hem toe.
'Ik wil even met u praten, meneer De Cock.'
De grijze speurder fronste zijn wenkbrauwen.
'Heb ik u weleens eerder ontmoet?'
'Nee.'
'Hoe weet u dan dat ik De Cock ben?'
De man glimlachte.
'Men zei... een goede vijftiger... oud vilten hoedje... verfomfaaide regenjas... een wat plomp figuur met een gewicht van rond de negentig kilo.'
De Cock lachte om de typering en sjokte voor de man uit de grote recherchekamer in. Hij wees naar de stoel naast zijn bureau.
'Gaat u zitten. U bent Emile de Boer?'
De man nam plaats en knikte.
'Ik wil met u praten over Marinus van de Heuvel.'
De grijze speurder smeet zijn oude hoedje en natte regenjas op een lege tafel en liet zich in zijn stoel achter zijn bureau zakken.
'In welke relatie staat u tot hem?'
Emile de Boer zwaaide wat vaag in de ruimte.
'Hij vertrouwt mij.'
De Cock glimlachte.
'Wat betekent dat?'

Op het gezicht van Emile de Boer kwam een pijnlijke trek. 'Dat... eh, dat hij mij dingen vertelt, waarover hij met anderen nooit zal praten.'
'Zoals?'
'Hoe... eh, hoe hij scoort.'
De Cock snoof verachtelijk.
'Dreigen met een vuile injectiespuit.'
'Ook dat?'
'Wat nog meer?'
'Van die moord.'
De Cock veinsde onbegrip.
'Welke moord?'
'Die moord op dat meisje in dat kraakpand aan de Monnikenstraat.'
'U bedoelt... Annelies van Haemstede?'
Emile de Boer knikte nadrukkelijk.
'Zo heet ze, ja, Annelies van Haemstede. Op een avond kwam Marinus nog vrij laat bij mij op bezoek. Hij zei, dat hij haar had gevonden... dood... met een mes in haar rug. Ik raadde hem aan om zich bij de politie te melden, maar daar wilde hij niets van weten. Dan houden ze mij vast, zei hij, voor moord.'
De Cock keek de man voor zich onderzoekend aan. Zijn scherpe blik tastte zijn gelaatstrekken af. Hij had een rond gezicht met een platte, brede neus en een te weke kin. Zijn donkerbruine ogen glommen een beetje.
'Daar was hij bang voor?'
Emile de Boer knikte.
'Ik zei: wat moet er dan met het meisje gebeuren? Laat haar maar liggen, zei hij, iemand vindt haar wel.' Hij schudde zijn hoofd. 'Daar was ik het niet helemaal mee eens. Naar mijn gevoel was het niet goed om dat meisje zomaar dood in dat pand te laten liggen. Ik vond dat... eh, oneerbiedig... onmenselijk ook.'
'Wat hebt u gedaan?'
Emile de Boer slikte.
'De volgende morgen toen Marinus de deur uit was, heb ik in het telefoonboek naar de naam Van Haemstede gezocht. Marinus had mij verteld, dat de ouders van dat meisje aan de Prins Hendrikkade woonden, maar daar kreeg ik geen gehoor.'
De Cock keek hem schuins aan.
'Hebt u toen verder gezocht... naar een andere Van Haemstede?'

Emile de Boer zocht in de zakken van zijn regenpak. 'Er stond nog een Van Haemstede in het telefoonboek. Ik heb het opgeschreven... een J. van Haemstede in de Nieuwe Uilenburgerstraat.'
'En die hebt u gebeld en gezegd, dat Annelies vermoord in een kraakpand aan de Monnikenstraat lag?'
'Ja.'
'Anoniem?'
'Inderdaad.'
'Waarom?'
'Ik wilde mij niet bekendmaken.'
De Cock toonde onbegrip.
'Waarom dat telefoontje aan die Van Haemstede? U had toch gewoon de politie kunnen bellen?'
Emile de Boer wreef met de rug van zijn hand langs zijn lippen. In zijn donkere ogen kroop angst.
'Dat durfde ik niet. Ik wilde er buiten blijven. Ik wilde er helemaal niet bij worden betrokken.' Hij ademde schokkend. 'Ziet u... Marinus zei wel, dat hij het niet gedaan had... maar ik geloofde hem niet.'
De Cock kneep zijn ogen half dicht.
'U geloofde hem niet?'
Emile de Boer schudde zijn hoofd.
'Toen Marinus die avond laat bij mij kwam, had hij bloed aan zijn handen.'

Vledder grijnsde.
'Een vriend in nood... duizend in een lood.'
De Cock keek hem verbaasd aan.
'Waarom zeg je dat?'
Vledder zwaaide voor zich uit.
'Marinus van de Heuvel vertelt aan Emile de Boer, een man die hij als zijn vriend beschouwt... een man ook, die hij volkomen vertrouwt... dat hij zijn vriendin vermoord heeft aangetroffen. En wat doet die vriend? Hij stapt een paar dagen later naar de politie om ons te vertellen, dat Marinus die avond bloed aan zijn handen had.'
De Cock fronste zijn wenkbrauwen.
'Wat is daar voor vreemds aan?'
'Noem jij dat een... eh, een vriendendienst?'
De Cock boog zich iets naar voren. Zijn gezicht stond ernstig. 'Hoe-

ver reikt vriendschap? Wanneer eindigt die? Wanneer kom je in conflict met je eigen geweten? Dit is niet zomaar iets. Dit is moord... een kille moord. Iemand heeft een ander in koelen bloede van het leven beroofd. Wanneer men daar wetenschap van draagt, dan kan men zich toch niet lichtvaardig achter het begrip vriendschap verschuilen?'
'Niet?'
De Cock schudde zijn hoofd.
'Naar mijn gevoel niet. Ik besef, dat het geweten van mens tot mens anders werkt. Er zijn grote verschillen in opvatting... in geloof. Misschien maakt juist dat ons werk zo boeiend.' Hij grijnsde met een scheve mond. 'Ik ken zelfs mensen zonder geweten.' De oude rechercheur zweeg even en trok zijn schouders op. 'Ik weet ook niet precies hoe ik die Emile de Boer moet inschatten. Ik vind het opmerkelijk, dat hij zich meldt kort nadat Marinus van de Heuvel uit het politiebureau is ontvlucht.'
'Denk je, dat hij weet waar Marinus van de Heuvel zich ophoudt.'
De Cock aarzelde.
'Emile de Boer zegt van niet, maar ik houd er ernstig rekening mee, dat hij dat wel weet.'
Vledder gebaarde driftig.
'Maar waarom komt hij dan met dit verhaal? Wat heeft dat voor zin?'
De Cock antwoordde niet. Hij staarde een tijdje peinzend voor zich uit.
'Heb jij dat verslag al van het dactyloscopisch onderzoek van Ben Kreuger?'
'Je bedoelt van de vingerafdrukken op het mes?'
'Precies.'
'Volgens Ben Kreuger zijn die zonder enige twijfel van Marinus van de Heuvel.'
De Cock krabde zich achter in zijn nek. 'Ik kan mij uiteraard vergissen,' sprak hij bedachtzaam, 'maar dan acht ik de mogelijkheid zelfs groot, dat Marinus van de Heuvel zijn goede vriend Emile de Boer met dat verhaal van die bebloede handen naar ons heeft gestuurd.'
Vledder schudde zijn hoofd. 'Dat vat ik niet.'
De Cock stak zijn beide handen naar voren.
'Marinus van de Heuvel heeft ons verklaard,' sprak hij docerend, 'dat hij na het ontdekken van de vermoorde Annelies van Haemstede in paniek heeft geprobeerd om dat mes uit haar rug te verwijderen.

Hij was daar nogal vaag over. Het is voor Marinus van de Heuvel natuurlijk van het grootste belang om te weten of wij dat paniekverhaal van hem geloven. Het betekent zonder meer dat wij hem al dan niet van de moord op zijn vriendin Annelies verdenken... of dat wij hem alleen aansprakelijk stellen voor de beroving van die Duitse toerist.' De oude rechercheur zweeg even en ademde diep. 'Het zal bepalend zijn voor zijn houding... duikt hij na zijn vlucht volledig onder of meldt hij zich alsnog.'
Het gezicht van Vledder klaarde op.
'Ik begrijp je,' riep hij blij. 'Het lag aan onze reactie op de mededeling van die bebloede handen... wat wij er van zouden zeggen.'
'Juist.'
De jonge rechercheur boog zich enthousiast naar voren. 'Hadden we gezegd: het kan best zijn, dat Marinus bloed aan zijn handen had, want hij heeft nog geprobeerd om het mes uit de rug van Annelies te verwijderen, dan had Emile de Boer opgelucht kunnen vertrekken.'
De Cock glimlachte.
'Maar ik realiseer mij nu, dat onze reactie op die bebloede handen nogal lauw was... bijna ongeïnteresseerd. Ik ben bang, dat Emile de Boer met een bezwaard hart naar de schuilplaats van Marinus is teruggekeerd.'
Vledder keek zijn oude collega onderzoekend aan.
'Geloof jij werkelijk, dat Marinus Annelies van Haemstede heeft vermoord?'
De grijze speurder schonk hem een droevige grijns.
'Als je in mijn hart kijkt... nee.'
De telefoon op het bureau van De Cock rinkelde. Vledder reikte naar voren en nam de hoorn op.
De Cock keek gespannen naar het gezicht van de jonge rechercheur. Hij kende diens expressies. Een angstig voorgevoel maakte zich van hem meester. Al na luttele seconden legde Vledder de hoorn op het toestel terug. Zijn gezicht zag bleek.
'Wat is er?'
'In een souterrain aan de Keizersgracht ligt een dode vrouw.'
'Vermoord?'
De jonge rechercheur knikte traag.
'Een mes tussen haar schouderbladen.'

9

Rechercheur De Cock trok de kraag van zijn regenjas omhoog en sjorde met een gebaar van ingehouden woede zijn oude hoedje tot op zijn ogen. Hij was al de hele dag in touw, voelde zich wat vermoeid en had in feite geen zin om opnieuw een moord in behandeling te nemen. Bovendien regende het nog steeds, fel, met striemende windvlagen op iedere straathoek. Met zijn vlakke hand veegde de oude rechercheur het water uit zijn gezicht en bromde.
'O land van mist en mest, van vuile koude regen, doorsijpeld stukje grond, vol kille dauw en damp.'
Vledder keek hem van terzijde aan.
'Waar heb je het over?'
De Cock rilde huiverend.
'Over De Génestet en ons klimaat. Als ik het nog eens over mag doen, dan word ik weer rechercheur, maar dan in een warm land met een altijd vrolijk schijnende zon. Zo'n oord met een klimaat waar zelfs de lijken tegen je lachen.'
Het klonk bitter en cynisch.
Vledder gniffelde.
'Heb je de pest in?'
'Nogal.'
Vledder trok zijn schouders op.
'Dat helpt je toch niets,' spotte hij. 'Moordenaars vragen zich niet af of rechercheur De Cock het al of niet aardig vindt om weer op pad te gaan.' Hij lachte schamper. 'Of moeten ze eerst beleefd bij jou om toestemming vragen?'
De grijze speurder voelde zich niet weerbaar genoeg om op de spot van zijn jonge collega te reageren.
Vanaf de Oudebrugsteeg staken ze de Nieuwendijk over en liepen langs het Korenmetershuisje links naar de Nieuwezijds Voorburgwal. Op de oude klok van het dagblad De Tijd was het vijf minuten over twaalf.
Via de Blauwburgwal en de Herenstraat bereikten ze de Keizersgracht. De Cock bleef even staan. Een windvlaag nam bijna zijn hoedje mee. Het was vreemd stil op de gracht. Uit de oude iepen kletterde regenwater op de glimmende daken en de brede motorkappen van de aan het water geparkeerde auto's. Het klonk mono-

toon... als een dodenzang. Ver weg, op de Raadhuisstraat, gierde een late tram door de bocht.
Op de brug van de Leliegracht stond een surveillancewagen van de politie. In het interieur brandde licht. Toen de beide rechercheurs naderbij kwamen, stapte een jonge diender uit de wagen op hen toe. De Cock herkende hem direct en op zijn breed gezicht verscheen een flauwe glimlach.
'Dag... Peter van Buuren.'
De jonge diender reageerde niet op de begroeting. Hij zwaaide met zijn beide armen.
'Hij is ontvlucht, hè?'
'Je bedoelt Marinus van de Heuvel?'
Peter van Buuren knikte.
'En zal ik u eens wat vertellen,' sprak hij snel, gejaagd. 'Toen we hier naar de Keizersgracht reden, heb ik hem gezien.'
De Cock fronste zijn wenkbrauwen.
'Marinus van de Heuvel?' vroeg hij overbodig.
De jonge diender knikte nadrukkelijk.
'Hij was het. Beslist. We hadden hem zelfs een moment in het licht van onze koplampen.'
'Waar?'
Peter van Buuren gebaarde emotioneel.
'Toen we vanaf de Nieuwezijds Voorburgwal bij het Hoofdpostkantoor de Raadhuisstraat wilden inrijden, kwam hij net de hoek om. Ik ben onmiddellijk aan de kant van de weg gestopt en uitgestapt. Dat moet hij hebben gemerkt. Hij rende in de richting van de Dam en vloog de Eggertstraat in. Daar ben ik hem in al die stegen kwijtgeraakt. Ik ging terug naar de wagen. Met mijn collega hebben we nog even in de omgeving rondgereden, maar konden daar niet zoveel tijd aan besteden, omdat wij hier naar de Keizersgracht moesten.'
De Cock knikte begrijpend.
'Waar is het?'
De jonge diender wees schuin achter zich.
'Daar... verderop. Mijn collega staat voor de deur.'
Peter van Buuren sloot de surveillancewagen af. Met z'n drieën, de jonge diender in het midden, liepen ze de gracht op.
De Cock blikte opzij.
'Heb je de meute gewaarschuwd?'
'Ja, via de mobilofoon in de wagen... onmiddellijk nadat we hadden

vastgesteld, dat er inderdaad sprake was van moord.'
De oude rechercheur glimlachte.
'Heb je je kurkjes nog?'
Peter van Buuren klapte een paar maal met zijn vlakke hand op de rechterzijzak van zijn uniformjas en grijnsde.
'Wat dacht u?'
Voor een glimmende, diepgroen gelakte deur, gevat in de blauwstenen opgang tot een fraai grachtenpand met een sierlijke verhoogde halsgevel, stond ineengedoken en met afhangende schouders in de gutsende regen een jonge agent. De Cock schatte hem op rond de twintig en bedacht zorgelijk, dat ze steeds jonger werden. De oude rechercheur keek hem peinzend aan.
'Je had toch binnen kunnen schuilen?'
De jonge agent slikte.
'Alleen... met dat lijk?'
De Cock liet het onderwerp rusten.
'Wie heeft het ontdekt?'
De jonge agent duimde over zijn schouder.
'De vrouw van de conciërge. Ze doet elke avond voor ze gaat slapen nog een rondgang door het huis om te zien of alles wel degelijk is gesloten. Ze trof deze deur half open. Dat vond ze vreemd. Ze is op onderzoek gegaan en vond haar toen.'
'Die vermoorde vrouw?'
De jonge agent knikte.
'Die woont hier in het souterrain.'
'Alleen?'
'Dat weet ik niet.'
De Cock keek hem schuins aan.
'De vrouw van de conciërge is hopelijk nog niet naar bed gegaan?'
De jonge agent schudde zijn hoofd.
'Ze heeft een conciërgewoning achter op de eerste verdieping. Ze zou wachten tot de recherche kwam.'
De Cock liep aan hem voorbij en duwde de groene deur geheel open. Vledder volgde. De deur leidde naar een stenen trap, die een vijftal treden lager eindigde in een smalle betegelde gang. Het rook er muf naar grondwater.
Rechts stond een deur op een wijde kier. Met zijn knie drukte De Cock de deur verder open en stapte binnen in een vertrek met een lage zoldering. Vanuit een hoog raam viel een strook licht van een

straatlantaarn het vertrek binnen. In die strook licht naast een ronde tafel en een omgevallen stoel, lag het lichaam van een jonge vrouw. Ze lag op haar buik met haar gezicht naar het raam gekeerd. Haar beide armen lagen gestrekt naar voren en haar vingers waren iets geklauwd. In haar rug tussen haar schouderbladen, in een kring van bloed, stak het heft van een mes.
De Cock liep om de ronde tafel heen en knielde bij haar neer. Haar gezicht was in een expressie van verbazing en onbegrip verstard. Haar grote open ogen staarden verschrikt in het niets. De oude rechercheur hield de rug van zijn hand even tegen haar wang. De warmte was nog niet uit haar lichaam verdwenen.
Vledder kwam achter hem staan en boog zich half over hem heen. Zijn hete adem kriebelde De Cock achter in zijn nek.
'Het lijkt wel een duplicaat,' hijgde hij.
De Cock keek schuin omhoog.
'Waarvan?'
De jonge rechercheur slikte.
'De moord op Annelies van Haemstede.'

De Cock liet zich in een rotan fauteuil met gebloemde kussens zakken en legde zijn oude hoedje naast zich op het tapijt. Daarna keek hij op naar de vrouw in een lichtblauw jasschort, die tegenover hem zat. Hij schatte haar op achter in de veertig. Ze had een smal spits gezicht met kleine levendige groene ogen. Haar donkerblonde, al wat grijzende haren waren achter haar hoofd samengebonden tot een paardestaart.
'Hoe is uw naam?' opende hij vriendelijk.
'Maria Kloosterveen.'
'Kloosterveen is de naam van uw man?'
Ze glimlachte.
'Van mijn meisjesnaam heet ik Van Gendringen. Dat is een klein plaatsje dicht bij de Duitse grens. Daar kom ik ook vandaan.'
'U bent de vrouw van de conciërge.'
'Ja.'
'Waar is uw man?'
Maria van Gendringen wees voor zich uit.
'In bed. Mijn man is invalide. Hij heeft zwaar reuma. Wij hebben altijd beneden in het souterrain gewoond. Volgens mij heeft hij die reuma daar opgelopen. Het is er nogal vochtig. In verband met de

ziekte van mijn man mochten we twee jaar geleden van de onderneming hier op de eerste etage gaan wonen. Het souterrain is toen verhuurd.'
'Aan wie?'
Maria van Gendringen wees met een kromme vinger naar het tapijt.
'Aan die juffrouw beneden.'
'Die daar nu met een mes in haar rug ligt?'
'Ja.'
'Hoe heet ze?'
'Jeanette... Jeanette van Zelhem.'
De Cock toonde bewondering.
'Een mooie naam.'
Op het smalle spitse gezicht van Maria van Gendringen speelde een vals lachje.
'De naam is wel mooi, ja...'
De Cock luisterde naar de toon. Hij hield zijn hoofd iets schuin en streek onder zijn kin.
'Wat... eh, wat is er niet zo mooi?'
Maria van Gendringen antwoordde niet. Ze klemde haar dunne lippen op elkaar, hield haar hoofd omhoog en staarde naar het plafond.
'Wat was er niet zo mooi?' herhaalde de rechercheur dwingender.
Maria van Gendringen liet haar hoofd weer zakken, keek hem aan en wuifde de vraag weg. 'Bij ons thuis zei men altijd: over de doden niets dan goeds.'
De Cock trok zijn gezicht in een beminnelijke plooi.
'Dat is een heel nobel beginsel,' sprak hij geduldig. 'Maar Jeanette van Zelhem werd vermoord. Iemand stak haar dat afschuwelijke mes in haar rug. Ik wil weten waarom dat gebeurde. Ik wil haar moordenaar ontmaskeren. Dat is mijn vak. Daarom... voor de derde maal... wat was er niet zo mooi aan haar?'
Maria van Gendringen frunnikte aan haar jasschort.
'Ik had het wel verwacht... vandaag of morgen. Het verbaast mij niets. Het is haar eigen schuld. Zoiets kon niet uitblijven.'
De Cock reageerde verrast. 'U had deze moord verwacht?' In zijn stem trilde ongeloof.
Maria van Gendringen maakte een opgewonden gebaar.
'Moord... moord... niet direct moord, maar dat iemand op een keer wraak zou nemen...' Ze maakte haar zin niet af en trok een pijnlijk gezicht. 'Ze was zo'n fladderaarster... zo'n hupsakee-madam.'

De Cock glimlachte.
'U bedoelt, dat ze nogal dikwijls van minnaar wisselde?'
'Er kwamen steeds andere mannen bij haar over de vloer. Ik zei weleens tegen mijn man: het is net alsof we beneden een bordeeltje hebben gekregen.'
'Was het zo erg?'
Maria van Gendringen trok haar gezicht strak.
'In mijn ogen wel. Maar misschien ben ik wel een tikkeltje ouderwets.'
'Kent u mannen met wie zij omgang had?'
'U bedoelt... hun namen?'
De Cock tuitte zijn lippen.
'Als u namen kent... andere aanduidingen, signalementen. Ik zou graag eens met een van die... eh, die vele mannen willen praten.'
Maria van Gendringen stak haar hand omhoog.
'Die jongen hier boven van kantoor... Robert... Robert Maasveld... die kwam de laatste tijd veel bij haar.' De vrouw van de conciërge schudde haar hoofd. 'Zonde van die jongen.'
'Waarom?'
Maria van Gendringen zuchtte.
'Een nette verschijning. Vriendelijk. Altijd keurig in het pak. Ik begrijp niet wat die jongen in zo'n... eh, ik bedoel... in die Jeanette ziet.'
De Cock spreidde zijn beide handen. 'Liefde is blind.'
Maria van Gendringen reageerde emotioneel.
'Wat ik zie,' riep ze fel, 'kan hij toch ook zien. Hij heeft zijn ogen toch niet in zijn zak zitten. Zelfs die eerste kerel van haar kwam nog regelmatig bij haar op bezoek.'
De Cock kneep zijn ogen iets samen.
'Wat bedoelt u met 'eerste kerel'? Was Jeanette van Zelhem gehuwd?'
Maria van Gendringen schudde haar hoofd. 'Ik bedoel, de man met wie ze samenleefde toen ze hier kwam wonen.'
'Wie was dat?'
'Justus.'
De Cock kwam met een ruk naar voren. 'Justus, zei u?'
Maria van Gendringen knikte.
'Justus van Haemstede.'

10

De Cock blikte om zich heen.
'Het lijk is al weg, zie ik.'
Vledder knikte.
'Naar het mortuarium van Westgaarde. Je moet de hartelijke groeten van dokter Den Koninghe hebben. Het verbaasde hem, dat je er niet was.'
De Cock glimlachte.
'Heeft hij nog iets over het tijdstip van overlijden gezegd?'
'Hij vond de temperatuur van het lichaam nog vrij hoog en schatte, dat ze niet langer dan ongeveer een uur of twee dood was.'
'Heb je nog papieren gevonden?'
Vledder wees naar een nietig dressoirtje van notehout.
'Paspoort, verzekeringspapieren, chequeboek... alles ten name van Jeanette van Zelhem.'
De Cock knikte.
'Dat klopt dan wel. Was er nog geld in huis?'
Vledder wees opnieuw naar het dressoirtje.
'In de bovenste lade lag ruim vijfhonderd gulden aan contanten.'
'Sporen van braak?'
Vledder schudde zijn hoofd.
'Er is ook niets doorzocht. Ik heb het slot van die groene buitendeur bekeken. Er zit geen krasje op. Nog puntgaaf. Volgens mij moet ze haar moordenaar zelf hebben binnengelaten.'
De Cock wreef nadenkend over zijn kin.
'Of hij was in het bezit van een sleutel.' De oude rechercheur gebaarde achter zich. 'Toen ik naar de woning van de conciërge ging, ben ik binnendoor gegaan. Vanuit dit souterrain kom je aan de achterzijde ongehinderd in de hierboven gelegen ruimten. De gang hier eindigt in een wenteltrap naar boven.'
Vledder fronste zijn wenkbrauwen.
'Maar dat betekent ook, dat men vanuit die andere ruimten ongehinderd in dit souterrain kan komen.' Hij zweeg even. 'Wat is hierboven?'
'Kantoren en de woning van de conciërge.'
'Dus iemand die een sleutel van het kantoor heeft, kan hier ook zo binnenstappen.'

De Cock knikte.
'En volgens de vrouw van de conciërge had Jeanette van Zelhem omgang met ene Robert Maasveld... een jongeman, die hierboven op kantoor werkt.'
Vledder floot tussen zijn tanden.
'Die moet dan een verrekt goed alibi hebben.'
De Cock reageerde niet.
'Vingerafdrukken?' vroeg hij.
Vledder grinnikte.
'Ben Kreuger liep zwaar te mopperen. Het wemelt hier van de vingertjes en de greepjes, zei hij. Hij is ook met een koffer vol materiaal vertrokken.'
De Cock dacht na.
'De vrouw van de conciërge had voor die Jeanette van Zelhem geen goed woord over. Ze noemde haar een fladderaarster... een hupsakee-madam.'
'Waarom?'
'Volgens de vrouw van de conciërge kwamen hier nogal wat mannen over de vloer... min of meer kortstondige minnaars. Als al die kerels hier hun vingerafdrukken hebben achtergelaten en Ben Kreuger kan ze identificeren, dan staat ons nog wat te wachten.'
'Je bedoelt, als we niet gauw een dader vinden, dat wij dan al die kerels moeten opzoeken en verhoren.'
'Er zit niet veel anders op.' De Cock keek zijn jonge collega vol in zijn gezicht. 'En weet je wie hier ook regelmatig kwam... met wie Jeanette van Zelhem nog een tijdje heeft samengewoond?'
'Nou?'
'Justus van Haemstede.'
De mond van Vledder viel half open.
'Justus van Haemstede?' herhaalde hij geschokt.
'Ja.'
'Dat... eh, dat is verdacht... puur verdacht.'
De Cock klemde zijn lippen op elkaar. Zijn brede kin kwam iets naar voren.
'Je hebt gelijk,' sprak hij vlak. 'Vrouwen in de buurt van Justus van Haemstede schijnen een snelle dood te sterven.'

Toen De Cock de volgende morgen, veel te laat, de grote recherchekamer binnenstapte, trof hij Vledder achter zijn elektronische

schrijfmachine. Zijn rappe vingers dansten over de toetsen.
Met zijn hoedje nog op en zijn regenjas aan, liep De Cock op hem toe. Zijn jonge collega, zo vond hij, zag er slecht uit. Zijn gezicht zag vaal en zijn ogen waren roodomrand.
'Heb je vannacht niet geslapen?'
Vledder liet zijn vingers rusten en keek naar hem op.
'Wat zeg je?' vroeg hij verward.
'Of je vannacht niet hebt geslapen.'
De jonge rechercheur schudde zijn hoofd.
'Ik ging om drie uur naar bed en om zes uur sliep ik nog niet. Toen ben ik er maar uitgegaan. Ik had geen zin om langer te liggen woelen.'
De Cock nam zijn hoedje af en slingerde het naar de kapstok. 'Je moet in dit beroep goed slapen,' sprak hij bezorgd, 'anders ga je er aan kapot.'
Vledder zuchtte.
'Kan jij zomaar alles van je afzetten? Als ik in bed lig, blijven de zaken bij mij spoken.' Hij leunde op zijn schrijfmachine. 'We hebben nu twee moorden op jonge vrouwen... bijna op identieke wijze gepleegd... een mes tussen hun schouderbladen... maar ik zie geen enkel verband. Wat hebben die twee vrouwen met elkaar gemeen? Annelies van Haemstede... ziek, verslaafd en lichamelijk verzwakt en Jeanette van Zelhem... frivool, bruisend, met een weelde aan mannenrelaties.'
De Cock keek hem fronsend aan.
'Dat 'frivool' en 'bruisend' concludeer je uit die weelde aan mannenrelaties?'
Vledder knikte.
'Dat is toch een redelijke conclusie?'
De Cock antwoordde niet.
'En over dergelijke dingen lig jij 's nachts in je bed na te denken?'
'Ja, jij niet?'
'Overdag probeer ik na te denken, maar 's nachts in bed slaap ik. Daar dient zo'n bed gewoonlijk ook voor.' Hij grinnikte om een ondeugende gedachte, die even bij hem opkwam. 'Hoe laat is de sectie?'
'Om half elf. Ik moet zo weg.'
'Denk je weer om het mes?'
'Ja.'

Met zijn regenjas nog aan liet De Cock zich in zijn stoel achter zijn bureau zakken.
'Nog geen berichten over de ontvluchte Marinus van de Heuvel?'
Vledder schudde zijn hoofd.
'Hij is nog niet binnen. Ik heb vanmorgen wel een telefoontje gehad van Ben Kreuger.'
'En?'
'De vingerafdrukken, op het heft van het mes in de rug van Annelies van Haemstede, zijn van hem.'
'Marinus van de Heuvel?'
'Zonder twijfel.'
Er werd weifelend op de deur van de recherchekamer geklopt. Hoorbaar geïrriteerd riep Vledder: 'Binnen.'
De deur ging langzaam open en in de deuropening verscheen een lange blonde jongeman. De Cock schatte hem op achter in de twintig. Hij was keurig gekleed in een stijf donkerblauw kostuum met vest. Over zijn rechter onderarm hing een beige regenjas. Met verende tred kwam hij naderbij. Naast het bureau van De Cock bleef hij staan en boog licht voorover.
'Hebt u even tijd voor mij,' sprak hij zacht. 'Ik wilde met u praten.'
De Cock veinsde verbazing.
'Met mij?'
De jongeman reageerde verrast.
'U... eh, u bent toch rechercheur De Cock?'
De grijze speurder knikte.
'De Cock... met ceeooceekaa,' sprak hij ernstig. Hij wuifde naar de stoel naast zijn bureau. 'Gaat u zitten. Waarmee kan ik u van dienst zijn?'
De jongeman nam plaats, trok de pijpen van zijn pantalon iets op en drapeerde zijn beige regenjas over zijn knieën. Eerst daarna richtte hij zich tot de oude rechercheur. 'De vrouw van de conciërge heeft mij vanmorgen verteld van dat verschrikkelijke...'
De Cock onderbrak hem.
'U bent Robert Maasveld?'
De jongeman kwam als gestoken overeind.
'Dat is... eh, dat is dom,' stamelde hij. 'Onvergeeflijk. Een nalatigheid. Ik had mij eerst aan u moeten voorstellen. Inderdaad, ik ben Robert Maasveld.' Hij nam weer plaats en trok opnieuw aan de vouw zijn broekspijpen op. 'Maria... de vrouw van de conciërge...

heeft over mij gesproken?'
De Cock knikte traag.
'U was een nette verschijning, een vriendelijke jongeman van kantoor, altijd keurig in het pak, die... en dat was zonde... de laatste tijd omgang had met... eh, met de zo gewelddadig om het leven gekomen Jeanette van Zelhem.'
'Zei ze dat?'
De Cock knikte opnieuw.
'Een korte samenvatting.'
Robert Maasveld liet zijn hoofd iets zakken.
'Ik had inderdaad omgang met Jeanette.' Hij keek op en veranderde van toon. 'Niet tijdens kantooruren, zoals mijn chef laatst suggereerde. Ik weet mijn werk van mijn privé-leven te scheiden.'
De Cock gebaarde achteloos.
'Het moet toch zijn opgevallen.'
Robert Maasveld reageerde heftig.
'Dat komt door Maria... de vrouw van de conciërge, die heeft mij 's avonds een paar maal bij Jeanette gezien. En Maria kletst met iedereen en alles. Ze bemoeit zich op kantoor overal mee.'
'Ook met uw omgang met Jeanette?'
Robert Maasveld knikte.
'Dat zinde haar niet. Maria had een hekel aan Jeanette. Ze roddelde altijd over haar. En om de een of andere reden wilde ze niet, dat ik met Jeanette omging. Daarom heeft ze mijn directe chef ingelicht en moest ik mij bij hem verantwoorden.'
De Cock keek hem schuins aan.
'Over uw relatie met Jeanette?'
Robert Maasveld slikte. Zijn adamsappel wipte op en neer en er kwamen tranen in zijn ogen.
'Op kantoor waren ze er niet zo gelukkig mee. Integendeel. Men had graag gezien, dat ik mijn relatie met haar verbrak. Jeanette, zei men, had niet zo'n beste reputatie. Maar ik hield van haar.'
Vledder kwam uit zijn stoel overeind en blikte op zijn horloge. 'Ik moet nu beslist gaan, anders kom ik te laat op de sectie.'
De Cock knikte begrijpend.
'Doe dokter Rusteloos de groeten van me.'
'Zal ik doen.'
De jonge rechercheur pakte zijn regenjas en verdween.
De Cock wendde zich weer tot Robert Maasveld.

'U hield van Jeanette van Zelhem, zei u.'
'Ja.'
'Ondanks alles?'
Robert Maasveld keek naar hem op. Er lag een rimpel in zijn voorhoofd. 'Wat bedoelt u daarmee?'
De Cock spreidde zijn beide handen.
'Er werd toch gezegd, dat ze niet zo'n beste reputatie had.'
Robert Maasveld liet zijn hoofd weer iets zakken.
'Ik... eh, ik wist, dat ze naast mij nog relaties met andere mannen onderhield.'
'Hoe?'
Robert Maasveld keek hem niet begrijpend aan.
'Hoe wist u, dat Jeanette ook relaties met andere mannen onderhield?'
'Dat vertelde ze. Gewoon. Jeanette deed daar nooit geheimzinnig over.'
De Cock streek langzaam met zijn pink over de rug van zijn neus.
'Die... eh, die relaties met andere mannen... dat accepteerde u?'
Robert Maasveld maakte een schouderbeweging.
'Ik... eh, ik accepteerde Jeanette, zoals ze was.'
De Cock grijnsde met een scheve mond.
'Compleet... met haar legertje vrijers?'
In zijn stem trilde ongeloof.
Robert Maasveld zuchtte diep.
'Ja... zoals u dat noemt... compleet met haar legertje vrijers.'
'Nooit gevoelens van jaloezie gehad?'
'Nee.'
'U hebt sleutels van het kantoor?'
'Die heb ik.'
'U kon dus elk moment bij Jeanette binnenvallen.'
'Inderdaad.'
De Cock schudde zijn hoofd.
'Nooit de lust gevoeld om haar eens te controleren?'
Robert Maasveld huilde vrijuit. Tranen drupten op zijn beige regenjas. Heftig gebaarde hij met zijn beide handen. 'Waarom?' riep hij vertwijfeld. 'Waarom zou ik dat doen? Om haar in de armen van een ander te zien liggen? Om mijzelf te pijnigen? Ik wist toch, dat ze met andere kerels omging... moest ik dat ook nog zien?' Hij schudde lang zijn hoofd en werd iets rustiger. 'Ik waarschuwde haar altijd. Ik

raadde haar aan om vooral voorzichtig te zijn. Maar wanneer Jeanette iemand ontmoette die ze mooi, knap of interessant vond dan kon ze het niet laten. Dan drong ze zich aan zo'n man op... presenteerde zich als het ware.' Hij zweeg even. 'Ze had pas weer een nieuwe vlam... een vieze, smerige, bijna barbaarse onderwereldfiguur. Ik heb hem een keer even gezien. Een vent om bang van te worden. Maar Jeanette adoreerde hem.'
De Cock plukte nadenkend aan zijn onderlip.
'Een onderwereldfiguur?'
Robert Maasveld knikte.
'Ene Harry... Harry Devoorde.'

11

Vledder kwam de recherchekamer binnen, hing zijn jas aan de kapstok, liep op De Cock toe en wierp kletterend een plastic zak op zijn bureau.
'Eenzelfde mes,' sprak hij kort. 'En de groeten van dokter Rusteloos.'
'Precies eenzelfde?'
Vledder knikte.
'Kijk maar... een lemmet van negentieneneenhalve centimeter, eindigend in een scherpe punt. Ook in dit mes *Inox – Thiers France*. De oude lijkensnijder vroeg of jij er een verzameling van wilde aanleggen.'
De Cock keek naar hem op.
'Dokter Rusteloos is geen lijkensnijder, maar een patholoog-anatoom.'
Het klonk bestraffend.
Vledder trok een grijns.
'Snijdt hij in lijken of niet?'
De Cock liet het onderwerp rusten. Hij pakte de doorzichtige plastic zak op en bekeek het mes.
'Zaten er vingerafdrukken op?'
Vledder schudde zijn hoofd.
'Volgens Ben Kreuger moet de dader of daderes bij het hanteren van dat keukenmes leren handschoenen hebben gedragen. Daar heeft hij spoortjes van gevonden.' De jonge rechercheur ging achter zijn bureau zitten. 'Ik denk, dat Marinus van de Heuvel van zijn eerste foutje heeft geleerd.'
De Cock keek hem schuins aan.
'Jij meent, dat Marinus van de Heuvel ook de moord op Jeanette van Zelhem heeft gepleegd, maar dit keer handschoenen droeg?'
Vledder knikte.
'Ik heb altijd al vraagtekens gezet bij zijn verhaal dat hij in een daad van paniek dat mes in de rug van Annelies van Haemstede heeft aangevat. Hij moet zich achteraf hebben gerealiseerd, dat hij zijn vingerafdrukken op het mes had achtergelaten en heeft toen dat paniekverhaal verzonnen.' De jonge rechercheur gebaarde voor zich uit. 'Ben je vergeten, dat hij gisterenavond door die twee jonge

dienders in de Raadhuisstraat is gezien? Besef je... dat is hemelsbreed niet ver van het souterrain van Jeanette van Zelhem.'
De Cock wreef over zijn kin.
'Heb je ook een pasklaar motief?'
'Voor de moord op Jeanette van Zelhem?'
'Ja.'
Vledder maakte een schouderbeweging.
'Marinus van de Heuvel moet ons maar vertellen waarom hij haar heeft koudgemaakt.'
De Cock keek een tijdlang peinzend voor zich uit. Hij kon het verstandelijk niet onderbouwen, maar een onberedeneerd gevoel zei hem, dat Marinus van de Heuvel niet tot een moord in staat was... dat die junk weliswaar een niet te peilen gedrag vertoonde, maar het pure instinct om te doden miste.
'We moeten Appie Keizer toch maar eens op het spoor van Emile de Boer zetten.'
Vledder knikte.
'Ik maak dat wel met Appie Keizer in orde. Die Marinus van de Heuvel moet toch boven water.'
De Cock trok rimpels in zijn voorhoofd.
'Hoe zag ze eruit... ik bedoel, hoe was de lichamelijke conditie van Jeanette van Zelhem?'
'Ze was dood,' antwoordde Vledder laconiek. 'Maar verder zag die Jeanette van Zelhem er prachtig uit. Buiten de steekwond... gaaf. Ik begrijp best, dat ze zoveel mannen kon versieren. Ze had een mooi figuur.'
De Cock plukte aan het puntje van zijn neus.
'Zal ik jou eens... in plaats van die Marinus van de Heuvel... een andere serieuze verdachte opdienen... voorschotelen?'
Vledder keek hem wantrouwend aan.
'Wie?'
'Harry Devoorde.'
Vledder schoot in de lach.
'Een bespottelijk idee... Harry Devoorde in een statig grachtenpand.'
De Cock trok zijn gezicht in een ernstige plooi.
'Zo bespottelijk is dat niet,' sprak hij hoofdschuddend. 'Volgens de nette en hondstrouwe Robert Maasveld was de laatste vlam van Jeanette een vieze, smerige, bijna barbaarse onderwereldfiguur.'

Vledder keek hem ongelovig aan.
'Harry Devoorde?'
De Cock knikte traag.
'Harry Devoorde.'

Vledder vond aan de waterkant van de Oude Schans, aan de overzijde van de Montelbaanstoren, nog een plekje om de oude Volkswagen te parkeren. Ze stapten uit en slenterden via de Nieuwe Bataviervierstraat naar de Nieuwe Uilenburgerstraat.
Vledder blikte opzij.
'Gaan we vannacht... in de nanacht... Harry Devoorde op zijn schuit aan de Amstel arresteren?'
De Cock grijnsde.
'Op grond waarvan?'
Vledder reageerde verrast.
'Voor alles... bijvoorbeeld die bankoverval aan de Pieter Calandlaan.'
De Cock spreidde zijn beide handen.
'Waar zijn je bewijzen... je getuigen. Ik heb telefonisch met Dries Zwakenberg, dat is de rechercheur aan bureau Slotervaart, die destijds die bankoverval aan de Pieter Calandlaan heeft behandeld, de zaak nog eens doorgenomen. Ik hoopte, dat hij nog wat had... sporen, getuigen, aanwijzingen... zodat wij alsnog tot zijn arrestatie konden overgaan. Maar hij had niets.' De grijze speurder zuchtte. 'En wat hebben wij? Annelies van Haemstede is dood. Aan Marinus van de Heuvel heb je niet veel... eerstens is hij nog steeds voortvluchtig en verder draagt hij slechts kennis uit de tweede hand.' De Cock zwaaide omhoog naar het gebouw d'Witte Leeuw. 'Laten we hopen, dat Justus van Haemstede over meer directe informatie beschikt. Bovendien ben ik benieuwd hoe hij zijn verhouding met Jeanette van Zelhem aan ons uitlegt.'

Voor een strakke eikehouten deur met *Justus van Haemstede* in sierlijke schrijfletters erop bleven ze even besluiteloos staan.
Vledder porde De Cock met zijn elleboog.
'Wat is een maisonnette?'
De grijze speurder lachte.
'Dat moet je toch niet aan een ouderwetse en uiterst simpele huisje-boompje-beestje-man vragen.'

'Je weet het niet?'
De Cock knikte nadrukkelijk.
'Ik weet het wel. Een maisonnette is een etagewoning met een eigen toegang, waarbij woon- en slaapgedeelte boven elkaar liggen.'
'Is dat zo bijzonder?'
De Cock trok zijn schouders op en belde.
Het duurde enkele minuten. Toen werd de deur opengedaan door een beeldschone jonge vrouw. Lang blond golvend haar gleed langs haar slanke hals, over haar ronde schouders en waaierde als een gordijn over haar weelderige boezem.
Ze was schaars gekleed en kwam kennelijk juist uit bed. Van boven de busterand droeg ze een wit vormloos hemd, dat aan de onderzijde reikte tot een nog net toelaatbare grens. Daaronder staken een paar lange welgevormde benen en voeten in roze slippertjes met een pluim.
De Cock slikte even benauwd en uit de borst van Vledder ontsnapte een zucht.
Met haar grote helblauwe ogen keek ze vragend van De Cock naar Vledder en weer terug.
De grijze speurder lichtte zijn hoedje.
'Mijn... eh, mijn naam is De Cock,' sprak hij licht piepend. 'Met ceeooceekaa.' Hij duimde opzij. 'En dat is mijn collega Vledder. Wij zijn rechercheurs van politie, verbonden aan het bureau Warmoesstraat.'
'Rechercheurs?'
De Cock knikte.
'Wij kwamen voor de heer Justus van Haemstede, die... eh, die woont toch hier?'
De jonge vrouw knikte.
'Justus slaapt nog, denk ik.'
De Cock hield zijn hoofd iets schuin.
'Wie bent u?'
De jonge vrouw tikte met haar wijsvinger op haar borst.
'Ik?'
'Ja.'
'Ik ben Camilla... Camilla Verduin.'
'U... eh, u woont hier ook?'
Camilla Verduin krulde haar lippen. Haar blauwe ogen lachten ondeugend mee.

'Niet permanent.'
De Cock bracht zijn liefste glimlach.
'Wilt u Justus onze komst aankondigen?' vroeg hij vriendelijk.
Camilla Verduin weifelde even, maar kwam spoedig tot een besluit.
'Een ogenblikje,' sprak ze fluisterend. Ze deed de deur weer dicht.
Vledder floot zacht sissend tussen zijn tanden.
'Eén ding moet mij van het hart... die Justus van Haemstede heeft smaak. Tjonge, tjonge, wat een meid... wat een plaatje. Zou hij met haar getrouwd zijn?'
'Ik hoop van niet.'
'Hoezo?'
De Cock gniffelde.
'Die een wijf trouwt om 't schoon lijf,
verliest het lijf, maar houdt het wijf.'
Vledder keek hem van terzijde aan.
'Een spreuk van je oude moeder?'
De Cock schudde zijn hoofd.
'Vader Cats.'
De deur ging weer open. De mooie Camilla Verduin was nu gehuld in een roze peignoir.
'Gaat u maar mee,' sprak ze opnieuw fluisterend. 'Justus staat even onder de douche. Hij komt zo.'
Ze ging de rechercheurs voor via een kleine hal naar een ruim vertrek met een hoogpolig Berbertapijt op de vloer, witte wanden en een vijftal diepe witlederen fauteuils, gegroepeerd om een lage ronde tafel met een centimeters dikke glasplaat.
'Neemt u plaats.'
De Cock aarzelde even. Hij hield niet van die diepe fauteuils, waaruit een man met zijn figuur vaak zo moeilijk overeind kwam. Zacht kreunend liet hij zich in het leer zakken en legde zijn oude hoedje naast zich op het tapijt.
De aanwezigheid van Camilla Verduin had hem een weinig verrast. Hij vroeg zich bezorgd af of hij in haar nabijheid de affaire Jeanette van Zelhem wel ter sprake kon brengen. Hij kende de verhouding niet en wilde per se geen relaties verstoren.
Na enige minuten kwam Justus van Haemstede in een blauwe badjas en op blote voeten de kamer binnen. Zijn haar was nog nat. Hij schudde De Cock, die niet overeind kwam, de hand en ging tegenover hem zitten.

'Al vorderingen gemaakt?' vroeg hij opgewekt.
De oude rechercheur schudde met een droevig gezicht zijn hoofd.
'Om heel eerlijk te zijn... we tasten nog volkomen in het duister. Wij hopen, dat u in die duisternis wat licht kunt brengen.'
'Licht... inzake de dood van mijn zuster?'
'Inderdaad.'
'Ik heb u alles verteld wat ik weet.'
De Cock negeerde de opmerking.
'Ik wil nog even terugkomen op onze onverwachte ontmoeting op de *Christoffel* aan de Amstel.'
Op het gezicht van Justus van Haemstede kwam een harde trek. 'Ik heb u toch verteld waarom ik daar was... op die oude schuit... ik wilde voor Annelies postuum nog een rekening vereffenen.'
'Met Harry Devoorde?'
Justus van Haemstede knikte heftig.
'Ik heb begrepen, dat mijn zus Annelies haar aandeel in de buit van de bankoverval aan de Pieter Calandlaan nooit heeft gekregen.' Hij ademde diep en liet de lucht langzaam uit zijn longen glippen. 'Ik treed op als executeur-testamentair. Met andere woorden... ik regel haar nalatenschap.'
De Cock grijnsde.
'Vreemd,' sprak hij met een licht sarcasme, 'dat u nu plotseling namens haar wilt optreden, terwijl u twee jaar lang niet naar haar hebt omgekeken. En ze leefde toch in bittere ellende.'
Justus van Haemstede spreidde zijn handen in een verontschuldigend gebaar. 'Dat is niet mijn... dat is niet onze schuld. Annelies hield zich voor de familie verborgen. Wij wisten niet waar zij was. Na mijn bezoek aan haar in het Huis van Bewaring is er geen enkel contact meer geweest. Wij waren van mening, dat zij zich met die Harry Devoorde ergens in het buitenland voor de politie schuilhield.'
'U... eh, u kent de reputatie van Harry Devoorde?'
Justus van Haemstede keek verbitterd.
'Een absolute schurk.'
'U bent niet bang voor een confrontatie?'
Justus van Haemstede schudde zijn hoofd.
'Ik ga die niet uit de weg. Begrijpt u mij goed... het gaat mij niet om het geld. Daar is vermoedelijk toch niet veel meer van over. Het gaat mij om de schofterige manier waarop hij Annelies heeft behandeld.'

'U eist genoegdoening?'
'Zoiets.'
De Cock kneep zijn ogen halfdicht.
'Hoe wist u van de *Christoffel*... en dat Harry Devoorde op die schuit verbleef?'
'Iemand belde mij en gaf mij wat informatie.'
'Anoniem?'
Justus van Haemstede knikte.
'Dezelfde heldere mannenstem, die mij zei, dat Annelies vermoord in een kraakpand lag.'

12

De Cock keek verrast op. Camilla Verduin kwam de kamer binnen. Ze droeg korte zeegroene laarsjes en een modieuze regenmantel in dezelfde tint groen met brede schouderflappen en een capuchon. Voor zijn leeftijd opmerkelijk kwiek kwam de grijze speurder uit zijn lage zetel omhoog en drukte de hem toegestoken hand. Ze gaf ook Vledder minzaam een handje, drukte vluchtig een kus op het voorhoofd van Justus van Haemstede en liep licht heupwiegend de kamer uit.
Met een zucht van verlichting liet De Cock zich weer in zijn diepe fauteuil zakken. Het vertrek van Camilla Verduin gaf hem, zo vond hij, de vrijheid om de gewelddadige dood van Jeanette van Zelhem aan de orde te stellen. De oude rechercheur bepeinsde op welke wijze hij dat onderwerp zou inleiden.
Met een zoete glimlach om zijn lippen gebaarde hij naar de deur, waardoor Camilla Verduin was vertrokken.
'Een mooie jonge vrouw,' stelde hij.
Justus van Haemstede nam zijn glimlach over.
'Dat is ze zeker... bijzonder mooi. En we kunnen het heel goed met elkaar vinden.'
'Duurt de relatie al lang?'
Justus van Haemstede glimlachte.
'Ik neem aan, dat u er anders over denkt, maar naar moderne maatstaven duurt onze relatie al vrij lang... ruim anderhalf jaar. We hebben ieder nog onze eigen appartementen en dat willen we voorlopig ook wel zo houden.'
De Cock trok rimpels in zijn voorhoofd.
'Ik ben een voorzichtig man. Ik heb met deze vraag gewacht tot Camilla was vertrokken.'
'Welke vraag?'
De Cock keek naar hem op.
'Kent u Jeanette van Zelhem?'
Justus van Haemstede reageerde niet direct. In zijn ogen kwam een waakzame blik.
'Jeanette van Zelhem?'
De Cock knikte met een stalen gezicht.
'Ze woont in een souterrain aan de Keizersgracht.'

Justus van Haemstede keek hem peilend aan.
'Wat is er met Jeanette van Zelhem?'
In zijn stem vibreerde angst.
De Cock keek hem strak aan.
'Ze is dood.'
De mond van Justus van Haemstede zakte half open.
'Dood?' herhaalde hij toonloos.
De Cock knikte.
'Ze werd gisteravond laat in haar woning gevonden... een mes tussen haar schouderbladen.'
Het gezicht van Justus van Haemstede zag ineens asgrauw.
'Net als Annelies,' prevelde hij.
De Cock pauzeerde even om de jongeman de gelegenheid te geven het bericht te verwerken... weer wat tot zichzelf te komen.
'U hield van Jeanette?'
Justus van Haemstede kauwde nerveus op zijn onderlip.
'Ik heb het twee jaar met haar uitgehouden.'
'Hoe hebt u haar leren kennen?'
'Door... eh, door Jean-Paul.'
'Jean-Paul van Capelle?'
Justus van Haemstede knikte.
'Ik was destijds met Jean-Paul bevriend. Hij kwam ook regelmatig bij ons thuis aan de Prins Hendrikkade. Zo heeft hij Annelies leren kennen. Op een dag stelde Jean-Paul Jeanette van Zelhem aan mij voor. Ik vond haar direct al erg aantrekkelijk. Jean-Paul had enige tijd een verhouding met haar gehad, maar had die verbroken.'
'Waarom?'
Justus van Haemstede zuchtte.
'Ik vermoed om dezelfde reden als waarom ik later mijn verhouding met haar verbrak. Ze was continu ontrouw.'
'Continu?'
Op het gezicht van Justus van Haemstede kwam een wrange grijns.
'Dikwijls.' Hij friemelde aan de zoom van zijn badjas. 'Ik ben geen man die een vrouw, met wie hij omgaat, als een particulier bezit beschouwt. Mensen zijn geen eigendom van elkaar. Maar Jeanette stelde je voortdurend voor verrassingen... openlijk, onbeschaamd, vaak pijnlijk. Op het laatst kon ik daar niet meer tegen.'
'Toch had u nog regelmatig contact met haar.'
Justus van Haemstede keek naar hem op.

'Heeft Maria u dat verteld... de vrouw van de conciërge?' Hij wachtte het antwoord van de oude rechercheur niet af. 'Ja,' ging hij zuchtend verder, 'ik kwam nog weleens bij haar. Wij zijn bevriend gebleven. Jeanette van Zelhem is... was een sprankelende vrouw... een uiterst plezierig gezelschap.'
'Kent u Robert Maasveld?'
Justus van Haemstede schonk hem een matte glimlach.
'Dat is die blonde jongeman van het kantoor aan de Keizersgracht. Net en onberispelijk. Hij adoreert Jeanette en is beslist toleranter ten opzichte van haar gedrag dan ik destijds.'
'Misschien.'
Justus van Haemstede fronste zijn wenkbrauwen.
'Hoe... eh, hoe bedoelt u dat?'
In zijn stem klonk achterdocht.
De Cock maakte een nonchalant gebaar.
'Iemand maakte toch een einde aan het leven... en daarmee aan de escapades van Jeanette van Zelhem.' Hij zweeg even voor het effect.
'Weet u wie haar laatste verovering was?'
Justus van Haemstede haalde zijn schouders op.
'Geen idee.'
'Harry Devoorde.'
Justus van Haemstede reageerde verschrikt.
'Harry Devoorde?' herhaalde hij ongelovig.
De Cock knikte.
'Dat zegt onze nette en altijd zo onberispelijke Robert Maasveld.'
Het gezicht van Justus van Haemstede kleurde ineens fel rood tot diep in zijn nek. Zijn kin kwam strak naar voren. Zenuwtrillingen zwiepten over zijn wangen. Wild, onbeheerst zwaaide hij om zich heen.
'U moet die Harry Devoorde arresteren,' schreeuwde hij met overslaande stem. 'Onmiddellijk. Die vent is levensgevaarlijk. Volgens mij heeft hij ook Annelies vermoord toen zij dreigde hem bij de politie aan te geven.' Hij snoof en balde zijn beide vuisten tot de knokkels wit werden. 'En doet u dat niet... laat u hem ongemoeid... dan kunt u hem eerstdaags ergens vinden.' Rond zijn mond kwam een valse grijns. 'En weet u hoe?'
De Cock keek hem onbewogen aan.
'Nou?'
Justus van Haemstede snoof opnieuw.

'Met een keukenmes tussen zijn schouderbladen.'

De beide rechercheurs slenterden van de Nieuwe Uilenburgerstraat naar de Oude Schans en stapten in hun oude Volkswagen. Vledder maakte geen aanstalten om weg te rijden. Met een somber gezicht keek de jonge rechercheur De Cock van terzijde aan.
'Ik heb het je toch al gezegd... dat gaat niet goed... daar komen brokken van. Heb je gezien hoe die Justus van Haemstede op jouw mededeling reageerde? Een explosie van haat. In zo'n toestand is hij volgens mij tot alles in staat.'
De Cock knikte traag voor zich uit.
'Ik heb je al uitgelegd, dat wij onvoldoende gronden hebben om Harry Devoorde te arresteren. Zelfs als Ben Kreuger bij het vele materiaal, dat hij in het souterrain van Jeanette van Zelhem verzamelde, vingerafdrukken van Harry Devoorde vindt, kunnen we niets tegen hem ondernemen. Het is niet vreemd of verdacht wanneer jouw vingerafdrukken in de woning van je vriendin voorkomen.'
De oude rechercheur trok een mistroostig gezicht. 'Er blijft ons niets anders over. We zullen de ontwikkelingen moeten afwachten. Misschien zakt de woede bij Justus van Haemstede tot het niveau van zijn nuchter verstand.'
'En als er wel iets gebeurt?'
De Cock trok achteloos zijn schouders op.
'Harry Devoorde is best in staat om op zichzelf te passen. Hij zal zich in zijn leven wel meer vijanden hebben gemaakt. Ik ben dan ook niet van plan om een agent bij de *Christoffel* aan de Amstel te posteren om Justus van Haemstede tegen te houden.' Hij blikte even opzij en gniffelde. 'We kunnen Harry Devoorde natuurlijk wel waarschuwen... waarschuwen, dat een op wraak beluste jongeman meent, dat hij verantwoordelijk is voor de moorden op de zieke Annelies van Haemstede en de zo levenslustige Jeanette van Zelhem.'
Vledder reageerde met onbegrip.
'Hoe? Wil je hem een briefje schrijven?'
De Cock schudde zijn hoofd.
'Informeel... via Smalle Lowietje. Die kent wel een paar duistere wegen om hem zo'n bericht door te spelen. Misschien dat Harry Devoorde daarop geschokt reageert en ons komt uitleggen hoe hij denkt, dat de beide moorden moeten worden bezien.'

'Zou hij dat doen?'
De Cock maakte een weifelend gebaar.
'Het ellendige is, dat we nog zo weinig weten. Ik kan de situatie van Harry Devoorde niet helemaal inschatten. Ik heb geen flauw benul in hoeverre hij bij de moorden is betrokken. Maar voelt hij zich onschuldig, dan is de kans dat hij open kaart gaat spelen niet denkbeeldig. Je moet bedenken, dat er een sinister spelletje met hem wordt gespeeld.'
Vledder trok zijn neus iets op.
'Een sinister spelletje?'
'Ja.'
'Door wie?'
De Cock draaide zich half naar hem toe.
'Denk eens goed na... Hoe komt Justus van Haemstede aan de informatie, die hem doet besluiten om als een soort executeur-testamentair voor zijn vermoorde zuster op te treden? Hoe wist hij van de *Christoffel* aan de Amstel en het feit, dat zijn zuster nooit een cent van de buit had gezien en dat Annelies kort voor haar dood nog had gedreigd om Harry Devoorde inzake die bankoverval bij de politie aan te geven?'
'Een anomien telefoontje.'
De Cock grijnsde.
'Van wie... wie is die anonieme informant? Justus van Haemstede zegt: dezelfde heldere mannenstem, die mij zei, dat Annelies vermoord in een kraakpand lag.' Hij grijnsde opnieuw. 'Wie was dat?'
Vledder keek hem verrast aan.
'Dat was Emile de Boer... de man, die het oneerbiedig en onmenselijk vond om het lijk van Annelies van Haemstede zomaar in dat kraakpand aan de Monnikenstraat te laten liggen.'
De Cock knikte.
'Precies... Emile de Boer. En van wie heeft Emile de Boer zijn informaties?'
Vledder tikte met zijn middelvinger tegen de zijkant van zijn hoofd.
'Natuurlijk... van Marinus van de Heuvel, die weet van de hoed en de rand. Hij kent de geschiedenis van de bankoverval en was door Annelies van Haemstede om haar aandeel in de buit naar de *Christoffel* gestuurd.' Hij zweeg en staarde nadenkend naar het water van de Oude Schans. 'Maar hoe lopen dan de lijnen van Marinus van de Heuvel naar het souterrain van Jeanette van Zelhem?'

De Cock zuchtte diep.
'Als we dat exact wisten, waren we misschien heel dicht bij de oplossing.' De oude rechercheur schudde zijn hoofd.
'Het vreemde is,' sprak hij op trieste toon, 'dat ik nog steeds niet aan de schuld van Marinus van de Heuvel kan geloven.'
Vledder snoof.
'Toch hoop ik, dat hij gauw wordt gepakt... voor er nog meer slachtoffers vallen. Twee moorden in twee dagen vind ik mooi genoeg.'
'Jij gelooft dus wel in zijn schuld?'
Vledder knikte gretig.
'Absoluut. Ik heb nooit enige twijfel gekend. Volgens mij is hij bij die beide moorden nauw betrokken. Zijn overhaaste vlucht uit het politiebureau wijst daarop. Ik denk, dat Jeanette van Zelhem iets wist, dat voor Marinus van de Heuvel bedreigend was. Zo bedreigend, dat ze... net als Annelies van Haemstede... voor eeuwig diende te zwijgen.'
De Cock trok achteloos zijn schouders op.
'Vermoedens,' sprak hij geringschattend. 'En niet meer dan dat. Wie is die Marinus van de Heuvel? Een junk uit een kraakpand. Wie was Annelies van Haemstede? Zijn zieke en eveneens verslaafde vriendin, van wie de lichamelijke conditie zo slecht was, dat ze vermoedelijk toch spoedig was gestorven. En dat wist Marinus. Hij wist, dat Annelies aids had. Moet hij haar dan nog een keukenmes in haar rug duwen?'
Vledder reageerde ineens fel. Met een ruk draaide hij zich naar De Cock toe. 'Vertel eens... waarom speelt hij dan al die informaties via Emile de Boer aan Justus van Haemstede door?'
De Cock schoof zijn hoedje naar voren en krabde achter in zijn nek.
'Ik denk, dat hij op die manier Justus van Haemstede wil aanmoedigen... opjutten om iets tegen Harry Devoorde te ondernemen.'
'Heeft hij daar belang bij?'
De oude rechercheur schoof zijn onderlip naar voren.
'Rancune? Misschien hoopt hij erop, dat Justus van Haemstede iets gaat doen wat hij zelf niet durft.'
'Moord op Harry Devoorde?'
De Cock glimlachte.
'Noem het een afrekening... een liquidatie... een vorm van gerechtigheid. In onderwereldkringen heersen daarover nogal radicale ge-

dachten.' De grijze speurder zweeg. Hij blikte opzij naar de wat onderuitgezakte Vledder. Driftig zwaaide hij omhoog naar de Montelbaanstoren.

'Gaan we... of wil je hier overnachten?'

De jonge rechercheur kwam overeind en startte de motor.

'Terug naar de Kit?'

De Cock schudde zijn hoofd.

'Zet mij maar af op de Brouwersgracht. Ik wil eens horen wat Jean-Paul van Capelle zich nog van Jeanette van Zelhem herinnert.'

13

Op de Herenmarkt aan de achterzijde van het zeventiende-eeuwse gebouw van de voormalige West-Indische Compagnie bracht Vledder de Volkswagen tot stilstand. 'Ga je alleen?'
De Cock knikte.
'Ik wandel straks dat stukje naar de Warmoesstraat wel.' De oude rechercheur gniffelde. 'Ik ken hier de weg.'
Vledder tikte met zijn wijsvinger op zijn borst.
'En wat doe ik intussen?'
'Heb je niets meer te verbaliseren?'
'Dat kan wachten.'
'Loop even bij Smalle Lowietje langs en vertel hem welk bericht Harry Devoorde moet bereiken.'
Vledder tastte even naar zijn voorhoofd.
'Dat er hier in de stad een op wraak beluste jongeman rondloopt, die zegt er van overtuigd te zijn, dat Harry Devoorde verantwoordelijk is voor zowel de moord op Annelies van Haemstede als de moord op Jeanette van Zelhem.'
De Cock plukte nadenkend aan zijn neus.
'Precies, en Smalle Lowietje moet daarbij laten doorschemeren, dat de recherche van het politiebureau aan de Warmoesstraat blijkbaar bereid is om de verdenkingen van de jongeman over te nemen en al eens belangstellend naar Harry Devoorde heeft geïnformeerd.'
Vledder trok een bedenkelijk gezicht.
'Is dat niet gevaarlijk?'
'Voor wie?'
'Justus van Haemstede... Marinus van de Heuvel?'
De Cock maakte een wanhoopsgebaar.
'Ik moet toch wat,' reageerde hij scherp. 'Laten de betrokkenen elkaar maar in de haren vliegen. Misschien klaart dan de lucht wel wat op. De enige die naar mijn gevoel werkelijk gevaar loopt, is Harry Devoorde zelf. Zijn *Christoffel* is bij de anderen bekend.'
De grijze speurder opende het portier van de Volkswagen en stapte uit.
In zijn zo typische slenterpas beende hij vanaf de Herenmarkt naar de Brouwersgracht. Hij wuifde naar Vledder toen die hem voorbij reed.

Bij de Binnen Brouwersgracht ging hij links de brug over naar de Keizersgracht en liep vandaar over de smalle voetgangersbrug naar de evenzijde van de Brouwersgracht. Bij een oud grachtenpand met een kleine portiek bleef hij staan, bekeek de nummering en belde. Eerst na enkele minuten werd de deur half geopend. In de schemering van de hal viel een lichtstraaltje op het zilvergrijze haar van mevrouw Van Capelle.
De Cock lichtte beleefd zijn hoedje.
'Ik wilde even praten met Jean-Paul.'
Mevrouw Van Capelle deed de deur verder open. Op haar gezicht kwam een glans van herkenning.
'Rechercheur De Cock,' reageerde ze verrast. 'Komt u binnen. Jean-Paul is er niet, maar ik verwacht, dat hij spoedig zal komen.'
De Cock stapte de hal in.
Debora van Capelle deed de buitendeur achter hem dicht en ging de rechercheur voor naar een ruim hoog vertrek met een monumentale schouw en broze meubelen in Victoriaanse stijl.
Ze wuifde naar een armstoel met een ronde rug en kromme poten.
'Neemt u plaats,' sprak ze opgewekt. 'Zal ik iets te drinken voor u maken?'
De Cock schudde zijn hoofd.
'Doet u geen moeite,' sprak hij afwerend. Voorzichtig liet hij zich in de stoel zakken en hield zijn oude hoedje op zijn schoot.
Debora van Capelle nam tegenover hem in een gelijksoortige armstoel plaats. Ze keek hem met een lieve glimlach aan.
'Wat wilde u Jean-Paul vragen?'
De Cock weifelde. Hij vroeg zich af of het verstandig was om met de moeder over een vroegere liefde van haar zoon te praten. Hij stak zijn beide handen vooruit en drukte de vingertoppen tegen elkaar.
'Wij hebben gisteravond,' begon hij aarzelend, 'in haar souterrain een jonge vrouw vermoord gevonden. Haar naam is Jeanette van Zelhem.'
Mevrouw Van Capelle bracht verschrikt haar rechterhand voor haar mond. 'Jeanette?' stamelde ze onthutst.
De Cock knikte met een ernstig gezicht. 'Kent u haar?'
Mevrouw Van Capelle slikte.
'Van vroeger. Jean-Paul, mijn zoon, heeft een tijdje omgang met haar gehad.' Ze wees om zich heen. 'Ze is hier ook wel in huis geweest.'

'Dikwijls?'
'Zeker. Jean-Paul was in die tijd smoorverliefd op haar... wilde absoluut met haar trouwen.'
'Waardoor bekoelde de liefde?'
Mevrouw Van Capelle glimlachte liefjes.
'Jeanette was een vlindertje... een lief knap vlindertje... dartelde van de een naar de ander. Ze kwam zelfs een keer met een van haar nieuwe veroveringen bij ons op bezoek. Gezellig. Of het de gewoonste zaak van de wereld was. Ik heb toen tegen Jean-Paul gezegd, dat hij aan zijn omgang met haar maar een einde moest maken... dat hij met Jeanette nooit echt gelukkig zou worden.'
'En heeft hij uw raad opgevolgd?'
Debora van Capelle knikte nadrukkelijk.
'Hij heeft haar voorgesteld aan Justus van Haemstede, met wie hij toen bevriend was. Ik weet niet of Justus nog omgang met haar heeft... had. Dat heb ik niet meer gevolgd.'
'Is Jean-Paul niet meer met Justus bevriend?'
Mevrouw Van Capelle schudde haar hoofd.
'Nadat Jean-Paul zijn verloving met Annelies... dat was een zuster van Justus... verbrak, zijn die twee uit elkaar gegroeid.' Ze maakte een triest gebaar. 'Jean-Paul is een beetje ongelukkig in de liefde. Hij voelt zich telkens tot de verkeerde vrouwen aangetrokken. Daarom is hij nog steeds bij mij in huis.' Er kwam weer een glans van een glimlach op haar gezicht. 'In dat opzicht lijkt hij op zijn moeder. Ik kwam ook met de verkeerde mannen thuis. Het werden steeds drama's... ontgoochelingen. Tot ik zoveel butsen in mijn ziel had opgelopen, dat ik besloot om met een saaie en niet bijster knappe, maar wel een betrouwbare man te trouwen.' Ze zuchtte diep en in haar ogen kwam een dromerige blik. 'Antoine is al jaren dood, maar ik bewaar dierbare herinneringen aan hem. Ik heb ook nooit meer naar een andere man omgezien. Dat behoefde ik ook niet. Antoine had goed voor ons gezorgd. Hij liet Jean-Paul en mij niet onbemiddeld achter.'
Debora van Capelle draaide zich half om en keek naar een fraaie kleine pendule op een secretaire van glanzend notehout. 'Jean-Paul mag nu wel komen,' sprak ze bezorgd. Met een gezicht vol welwillende belangstelling wendde ze zich tot De Cock. 'Hoe... eh, hoe lang doet u dat speurwerk al?'
De oude rechercheur dacht even na.

'Bijna dertig jaar.'
'Nooit in conflict gekomen?'
'Met wie?'
'Uw geweten.'
De Cock glimlachte.
'Wat is ge-we-ten?'
Op het serene gezicht van Debora van Capelle kwam een ernstige trek. Ze vouwde haar handen in haar schoot.
'Die stem van binnen... die stem, die zegt of je iets moet doen of nalaten.'
De Cock keek haar schuins aan.
'Hebt u zo'n stem?'
Debora van Capelle knikte heftig.
'Ik heb zo'n stem. Mijn ouders hebben mij een gedegen normenpakket meegegeven.'
'En dat noemt u ge-we-ten?'
Debora van Capelle schudde haar hoofd.
'Dat *noem* ik niet alleen geweten... dat *is* geweten. En daar heb ik het soms knap lastig mee.'
Ze keek naar hem op. 'U niet?'
De Cock voelde zich niet erg op zijn gemak. Hij hield er niet van, dat anderen hem vragen stelden. Zeker niet over zulke intieme zaken als het geweten.
'Mijn handleiding is het Wetboek van Strafrecht,' sprak hij traag en ontwijkend. 'Dat is de bijbel van de rechercheur.'
'En daarin staat 'gij zult niet doden'.'
De Cock knikte.
'Het staat er iets anders geformuleerd... maar het komt op hetzelfde neer.'
'Geldt het altijd?'
'Wat?'
'Gij zult niet doden?'
De Cock keek haar strak aan. De oude rechercheur merkte op hoe bleek ze plotseling was... hoe de gevouwen handen in haar schoot trilden.
'Kent u,' vroeg hij gespannen, 'een situatie waarin dat niet zou gelden?'
Debora van Capelle antwoordde niet. Ze ontweek zijn blik en liet haar hoofd zakken.

De Cock overwoog om zijn vraag te herhalen, maar een innerlijke stem zei hem dat niet te doen.
Er klonk het dichtvallen van een deur, gevolgd door snelle voetstappen in de gang. De deur naar de kamer ging open en Jean-Paul stapte binnen.
Debora van Capelle kwam uit haar stoel overeind, liep op hem toe en klampte zich aan hem vast.
'Jeanette,' snikte ze, 'Jeanette is dood.'

De Cock slenterde de Brouwersgracht af en nam rechts de brug naar de Korte Prinsengracht. Op de hoek, bij een fraai gerestaureerd pand, bleef hij staan. Hij draaide zich langzaam om en keek vandaar naar het huis van de familie Van Capelle.
De contouren hielden zijn blik gevangen en zetten zich vast in zijn geheugen. De grijze speurder kneep zijn ogen stijf dicht en trachtte zijn gevoelens te analyseren. Het lukte niet. Ze waren zo onbestemd, verward en onduidelijk, dat het leek alsof rond zijn denken een mistige sluier was opgetrokken, waardoor de realiteit aan zijn waarneming werd onttrokken.
Het oude huis, zo wist hij intuïtief, herbergde een geheim... een duister geheim, waarin het gebod 'gij zult niet doden' centraal stond.
Wat had Debora van Capelle hem willen vertellen? En waarom had hij, De Cock, niet op strikte duidelijkheid aangedrongen? Was het te vroeg... was de tijd nog niet rijp voor openhartigheid?
Hij draaide zich om. Met zijn handen diep in de zakken van zijn regenjas gestoken sjokte hij verder de Korte Prinsengracht af.

Toen De Cock de grote recherchekamer binnenstapte, trof hij Vledder achter zijn elektronische schrijfmachine aan. De rappe vingers van de jonge rechercheur dansten als gebruikelijk over de toetsen. De grijze speurder bezag het met bewondering. Zijn eigen vaardigheid op de schrijfmachine was nooit bijzonder groot geweest. Zijn grove handen en te dikke vingers vormden daarvoor een belemmering.
Vledder liet zijn vingers rusten en keek naar hem op.
'Nog wat wijzer geworden?'
Met zijn regenjas aan en zijn hoed nog op ging De Cock achter zijn bureau zitten en schudde zijn hoofd. 'Jean-Paul van Capelle bevestigde het verhaal van Justus van Haemstede. Jaren geleden heeft hij

Jeanette van Zelhem aan Justus, met wie hij toen bevriend was, voorgesteld. Justus is toen een verhouding met haar gestart. Hoelang die verhouding heeft geduurd, kon Jean-Paul mij niet vertellen. Nadat Jean-Paul zijn verloving met Annelies had verbroken, is de vriendschap met Justus verflauwd... gingen de contacten verloren.'
Vledder knikte begrijpend.
'Hoe schetste Jean-Paul van Capelle die Jeanette van Zelhem?'
De Cock reageerde geprikkeld.
'Hij gaf hetzelfde beeld als Justus van Haemstede... een levenslustig, frivool vrouwtje met een bijna onverzadigbare honger naar mannen. Men zou bijna denken, dat ze aan nymfomanie leed.'
Vledder lachte.
'Heeft dat iets met haar gewelddadige dood te maken, denk je?'
De Cock schudde zijn hoofd.
'Er moet iets anders zijn.' In zijn stem kwam een vleugje wanhoop. 'Annelies van Haemstede en Jeanette van Zelhem zijn op een volkomen identieke wijze vermoord... met eenzelfde soort keukenmes. Maar ze zijn twee totaal van elkaar verschillende vrouwen. Annelies van Haemstede wilde ondanks haar verslaving... haar bepaald benarde positie, beslist niet tot prostitutie overgaan, terwijl Jeanette van Zelhem zonder enige noodzaak van man tot man fladderde. Er klopt iets niet. Die tegenstellingen zijn te groot. Toch moet er ergens een verbinding zijn.' De oude rechercheur klapte met zijn vlakke hand ritmisch op het blad van zijn bureau. 'Als je de lijn vindt, die deze beide vrouwen onderling verbindt... dan wordt de dader zichtbaar.'
Een tijdlang zwegen beiden. Boven hun hoofden zoemde hinderlijk een defecte TL-buis en buiten in de Warmoesstraat galmde een aangeschoten sloeber een droevig zeemanslied. De laatste opmerking van de grijze speurder dreunde in hun hoofd na.
De Cock schoof zijn oude hoedje naar achteren.
'Ben je nog bij Smalle Lowietje geweest?'
Vledder knikte.
'Smalle Lowietje wist inmiddels... via, via... van de *Christoffel* aan de Amstel. Hij had nog geen tijd gevonden om je dat te laten weten. Dat bericht van ons zou hij laten zweven... zo noemde hij dat. Dan kwam het vanzelf wel bij Harry Devoorde terecht. Overigens was die Harry Devoorde gisteravond nog bij hem in het etablissement. Hij betaalde zoals gebruikelijk met een bankbiljet van hon-

derd gulden en zei tegen Lowietje, dat het een van de laatste 'snippen' van de Calandlaan was, maar dat hij spoedig voor aanvulling zou zorgen. Hij had, zo zei hij, een nieuwe vriendin opgedaan, met wie hij wel weer wat aandurfde.'
De Cock reageerde verrast.
'Een-nieuwe-vriendin-met-wie-hij-weer-wat-aandurfde.'
'Dat vertelde Lowietje.'
De grijze speurder staarde hem aan.
'Jeanette van Zelhem?'

14

De Cock had moeie voeten. De pijn kroop van zijn tenen over zijn wreef langs zijn enkels omhoog. Daar leek het alsof duizend kleine duiveltjes met even zovele spelden geniepig in zijn kuiten prikten. Het stemde hem uiterst droevig. Hij wist wat die pijn betekende. Telkens wanneer een onderzoek slecht verliep, wanneer hij het onbehaaglijke gevoel had steeds verder van de oplossing weg te drijven, gaven zijn voeten acte de présence en speelden de duiveltjes hun satanische spel.
Met een verwrongen gezicht tilde hij zijn benen omhoog en legde ze voorzichtig op een punt van zijn bureau. Een zucht van verlichting ontsnapte aan zijn mond. Vledder keek hem bezorgd aan. Hij kende het beruchte kwaaltje van zijn oudere collega.
'Is het weer zover?'
De Cock antwoordde niet, maar kneep met duim en wijsvinger zachtjes in zijn kuiten. Soms hielp het. Hij keek even op.
'Heb je al wat van Appie Keizer gehoord?'
Vledder schudde zijn hoofd.
'Ik heb hem het adres van Emile de Boer gegeven en een persoonsbeschrijving. Ik heb hem ook verteld hoe Marinus van de Heuvel er ongeveer uitziet.' Hij zweeg even en dacht na.
'Die jongen zal toch dagelijks zijn stuff moeten hebben en als hij zich voor ons verborgen wil houden, dan zal hij vermoedelijk niet de moed opbrengen om zelf naar de pillenbrug* te gaan.'
De Cock gebaarde achteloos.
'Hij kan zich ook in een of ander kraakpand ophouden waar hij via andere verslaafden aan zijn shotjes komt. De meeste verslaafden handelen ook. Het is in Amsterdam niet moeilijk om aan drugs te komen.' Hij trok zijn mond in een wrange grijns. 'De handel is zo open, zo onbedekt, dat men het spul ook in een supermarkt kan aanbieden... in de reclame.'
Het klonk cynisch.
Vledder lachte.
'Wie weet? Misschien komt het nog eens zover. De roep om legalisering van de drugs begint steeds luider te klinken.'

* beruchte plek in Amsterdam waar drugs worden verhandeld

De Cock wreef nog eens over zijn pijnlijke kuiten.
'Laat onze burgemeester je niet horen. Dan ben je morgen buiten dienst gesteld. Hij is fel tegen legalisering gekant.'
Vledder reageerde niet. Het onderwerp scheen hem niet verder te interesseren. Boven zijn linkerwenkbrauw verscheen een denkrimpel.
'Er bestaat wel degelijk een lijn tussen de beide vermoorde vrouwen,' sprak hij plotseling van onderwerp veranderend.
De Cock keek hem fronsend aan.
'Je bedoelt tussen Annelies van Haemstede en Jeanette van Zelhem?'
Vledder knikte nadrukkelijk.
'Die lijn is Harry Devoorde. Met Annelies van Haemstede pleegde hij een bankoverval en met Jeanette van Zelhem was hij het van plan te doen.'
De Cock tuitte zijn lippen.
'Als Jeanette van Zelhem inderdaad de nieuwe vriendin was, met wie hij weer wat aandurfde. Maar daarover hebben wij geen enkele zekerheid. Bovendien moet je je dan afvragen wat er mis ging. Voor de moord op Annelies had Harry Devoorde een redelijk motief... ze stond op het punt hem te verraden.'
Vledder maakte een heftige armbeweging.
'Dat motief kan toch ook voor Jeanette van Zelhem gelden? Misschien bestonden er al ver uitgewerkte plannen en besloot Jeanette om uiteindelijk toch niet mee te doen... of misschien wilde ze met die plannen wel naar de politie stappen!'
De Cock trok een bedenkelijk gezicht.
'Dat motief overtuigt mij niet. Het be-ra-men van een bankoverval is in ons land nog steeds niet strafbaar. Als er plannen voor een bankoverval waren en Jeanette dreigde die te verraden, dan liep Harry Devoorde geen enkel risico, geen enkel gevaar.' Hij grinnikte. 'Hij zou hoogstens zijn plannen moeten wijzigen en naar een andere partner moeten omzien.' De oude rechercheur schudde zijn hoofd.
'Dat is naar mijn gevoel geen moord waard. Zelfs niet voor Harry Devoorde.'
Er werd zachtjes op de deur van de recherchekamer geklopt. De Cock tilde haastig zijn benen van zijn bureau en Vledder riep: 'Binnen.'
De deur ging langzaam open en in de deuropening verscheen een

waarlijk beeldschone vrouw. Lang blond golvend haar gleed langs haar slanke hals en waaierde als een gordijn over de brede schouderflappen van haar modieuze regenmantel met capuchon. Op haar korte zeegroene laarsjes zweefde ze naderbij.
De Cock kwam verrast overeind. De boze duiveltjes in zijn kuiten waren spoorslags verdwenen.
'Camilla Verduin,' lispelde hij. 'Wat een genoegen.'
Ze bleef voor hem staan. Haar gezicht stond ernstig.
'Mag ik een momentje van uw tijd?'
De Cock bracht zijn beste glimlach.
'Een 'momentje' lijkt mij te kort.' Hij zwaaide zwierig naar de stoel naast zijn bureau. 'Kom er gezellig bij zitten.'
De manier waarop Camilla Verduin bezit van de zetel nam, getuigde van groot raffinement. Ze knoopte haar groene regenmantel los, onthulde een strakke trui, sloeg haar slanke benen over elkaar en trok een kort rokje iets dichter naar haar knieën.
De Cock volgde haar bewegingen ademloos.
'U hebt een probleem?' vroeg hij belangstellend.
Camilla Verduin knikte.
'Mijn probleem heet Justus.'
De Cock veinsde onbegrip.
'Hoe kan Justus voor u een probleem zijn?'
Camilla Verduin weifelde even.
'Justus... heeft Justus een crimineel verleden?'
De Cock fronste zijn wenkbrauwen.
'Waarom vraagt u dat?'
Camilla Verduin toonde verbazing.
'U kwam vanmorgen toch niet voor niets naar de Nieuwe Uilenburgerstraat?'
De Cock keek haar schuins aan.
'Heeft Justus u niet verteld waarom wij hem een bezoek brachten?'
Camilla Verduin schudde haar hoofd.
'Ik ben niet meer terug geweest. Ik heb Justus na vanmorgen niet meer gezien.'
'U hebt ons gesprek met Justus toch kunnen volgen... althans het begin?'
Op het gezicht van Camilla Verduin kwam een norse trek.
'Ik ben geen luistervink.'
Het klonk bits.

'Maar wel nieuwsgierig.'
Camilla Verduin verschoof iets op haar stoel.
'Ik ga al geruime tijd met Justus om. Ik ben heel erg op hem gesteld. Ik zou onze verhouding ook graag willen voortzetten... misschien zelfs uitbouwen... tot een huwelijk. Maar ik ben bang.'
'Waarvoor?'
Camilla Verduin zuchtte diep.
'Ik wil niet betrokken worden bij affaires, die... eh, die het daglicht niet kunnen velen.'
De Cock keek haar quasi niet-begrijpend aan.
'Heeft Justus dergelijke affaires?'
Camilla Verduin maakte een wanhopig gebaar.
'Dat weet ik niet.'
'U vermoedt het?'
Camilla Verduin frunnikte aan de zoom van haar rokje.
'Justus is de laatste tijd zichzelf niet. Hij is in de war, overstuur.'
'Heeft dat misschien iets te maken met de plotselinge dood van zijn zuster?'
Camilla Verduin schudde haar hoofd.
'Hij was dat al voor die tijd... voordat Annelies werd vermoord was hij al somber... terneergeslagen. Ook terughoudend.. ten opzichte van mij.'
De Cock keek haar onderzoekend aan.
'Hoe... eh, hoe bedoelt u dat?'
Camilla Verduin vouwde haar handen ineen.
'Als ik hem wil aanhalen... liefkozen... dan... eh, dan stoot hij mij af. Het is dan alsof hij met zichzelf worstelt... een soort innerlijke tweestrijd voert. Ik heb al een paar keer geprobeerd om hem tot een gesprek te verleiden, maar dat ontwijkt hij. Ook op rechtstreekse vragen gaat hij niet in. Ik heb het gevoel, dat ik tegen een muur bots.'
De Cock hief zijn handen op.
'Misschien is zijn liefde voor u wat bekoeld.'
Camilla Verduin schudde geprikkeld haar hoofd.
'Naar mijn gevoel is dat niet zo. Integendeel, ik heb de innerlijke zekerheid, dat Justus juist steeds meer van mij is gaan houden.' Er blonken tranen in haar blauwe ogen. 'Dat klinkt misschien vreemd, niet rationeel. Maar liefde is niet rationeel... dat is gevoel... dat is emotie.' Ze plukte een minuscuul zakdoekje uit de mouw van haar regenmantel en droogde haar tranen.

De Cock liet haar even begaan. Na een korte onderbreking vroeg hij: 'Hoe kwam u op de gedachte, dat het afwijkend gedrag van Justus van Haemstede mogelijk iets te maken zou hebben met een crimineel verleden?'
'Door uw bezoek.'
'Alleen door dat?'
'Ja. Recherche en misdaad zijn voor mij zaken, die nauw met elkaar zijn verbonden.'
De Cock knikte instemmend.
'Hebt u de naam Harry Devoorde weleens horen noemen?'
'Ja.'
'In welk verband?'
Camilla Verduin reageerde plotseling heftig.
'In geen enkel verband,' sprak ze fel. Ze zweeg even en veranderde van toon. 'Ik val zelf moeizaam in slaap. Dat had ik al als kind. Schaapjes tellen... u kent dat wel. Justus draait zich om en is vertrokken. Al kort nadat hij is ingeslapen, begint hij te praten... kreten, flarden van gesprekken, namen.' Ze keek met een bleek gezicht naar De Cock op. 'Die... eh, die jonge vrouw, die vermoord in haar souterrain werd gevonden... heette die Jeanette?'
De oude rechercheur zweeg.
Camilla Verduin boog zich iets naar hem toe.
'Heette die Jeanette?'
De Cock knikte traag voor zich uit.
'Jeanette,' gaf hij aarzelend toe.
Camilla Verduin sloot even haar ogen.
'En wie is Martha... Martha Overdijk.'
De Cock trok zijn schouders op.
'Nooit van gehoord.'
Camilla Verduin ademde diep.
'Laatst noemde Justus die naam... en hij werd gillend wakker.'

15

Vledder reed de oude politie-Volkswagen heel voorzichtig van de gladde houten steiger achter het politiebureau. Via de Oudebrugsteeg mengde hij zich in het drukke verkeer op het Damrak.
De Cock zat iets onderuitgezakt naast hem. Er scheen een waterig zonnetje, dat de vetvlekken op de voorruit deed glinsteren. Het prikte in zijn ogen. Hij richtte zich iets op en trok de zonneklep naar beneden.
Vledder blikte met een nors gezicht opzij.
'Hebben we niets beters te doen,' gromde hij. 'Ze stoppen die dooie griet wel onder de grond zonder dat wij er bij zijn.'
De Cock keek vanonder zijn hoedje schuin omhoog.
'Ik houd niet van dat Warmoesstraat-taaltje,' sprak hij bestraffend. 'Annelies van Haemstede is geen dooie griet, maar een jonge vrouw, die op beestachtige wijze om het leven is gebracht. En zij wordt niet onder de grond gestopt, zoals jij zei, maar op een eerbiedige wijze ter aarde besteld.'
Vledder snoof.
'Maar moeten wij daar zonodig bij zijn?'
De Cock knikte.
'Ik wil weten wie er buiten ons ook nog belangstelling toont.'
'Verwacht je daar wat van?'
De Cock gebaarde achteloos.
'Het zou niet de eerste keer zijn, dat de moordenaar, gedreven door een emotionele binding met zijn slachtoffer, zich geroepen voelt om de begrafenis bij te wonen. Wie weet welk een illuster gezelschap wij straks op Zorgvlied aantreffen.' De grillige accolades rond de mond van de oude rechercheur dansten een trieste glimlach. 'Vroeger, toen moord nog niet zo frequent voorkwam, liet ik een uitgebreide fotoreportage van de begrafenis van het slachtoffer maken en werden alle kentekens genoteerd van de wagens, die in en om de begraafplaats stonden geparkeerd. Ik heb daar weleens succes mee gehad, maar je haalt wel een heidense hoeveelheid werk naar je toe.'
Ze reden vanaf het Rokin langs de Munttoren naar de Vijzelstraat en verder de Vijzelgracht op. De vele verkeerslichten gaven nogal wat oponthoud.
'Hoe laat is de begrafenis?'

'Tien uur.'
De Cock keek op zijn horloge en knikte geruststellend.
'Dat redden we wel.'
Ze reden zwijgend verder. Na enige tijd schudde Vledder peinzend zijn hoofd. 'Als je er goed over nadenkt,' verzuchtte hij, 'dan zijn wij in feite nog niet veel verder gekomen.'
'Hoe bedoel je?'
De jonge rechercheur knikte.
'Een reeks min of meer verdachte figuren, maar echte, concrete aanwijzingen ontbreken. En dat geldt voor beide moorden.' Hij keek opzij. 'Kunnen we met die messen nog iets doen? Ik heb toch het idee, dat ze niet zo gangbaar zijn.' Hij zweeg even. 'Die Baantjer... die kennis van jou, is tegenwoordig panellid bij de NCRV in een radioprogramma van Rik Felderhof. Kun je via hem geen oproep voor de radio versieren? Er schijnen veel mensen naar dat programma te luisteren.'
De Cock maakte een schouderbeweging.
'Zo goed ken ik die schrijver nu ook weer niet. Bovendien zal Rik Felderhof van zijn programma geen soort 'opsporing-verzocht' willen maken.'
'Je kunt het toch proberen?'
De Cock reageerde niet. Het voorstel viel bij hem blijkbaar niet in goede aarde.
'Je hebt gelijk,' sprak hij afwijzend, 'die messen zijn inderdaad niet zo algemeen als ik dacht. Ik heb bij mijn vrouw in de keuken eens alle messen bekeken. Op vrijwel elk mes staat 'Solingen'.'
Vanaf het Weteringcircuit reden ze de Stadhouderskade op en gingen vandaar rechts naar de Amsteldijk.
Vledder glimlachte.
'Wanneer gaan we aan Justus van Haemstede vragen waarom de naam Martha Overdijk hem nachtmerries bezorgt?'
De Cock schudde zijn hoofd.
'Voorlopig niet. Ik wil Camilla Verduin niet in moeilijkheden brengen. Justus van Haemstede is intelligent genoeg. Als ik hem vraag wat de naam Martha Overdijk voor hem betekent, dan zal hij zich afvragen hoe ik aan die informatie kom. Vermoedelijk weet hij van zichzelf, dat hij weleens in zijn slaap praat. Zijn verdenking zal dan algauw op Camilla Verduin vallen. Dat wil ik niet. Het lijkt mij niet zo goed voor de kwaliteit van hun relatie.'

Vledder keek hem verwonderd aan.
'Moeten wij daar rekening mee houden?' vroeg hij ongelovig. 'We zijn bezig met een onderzoek naar twee afschuwelijke moorden. In hoeverre moeten wij daarbij gevoelens sparen? Tellen die dan nog?'
De Cock knikte traag.
'Voor mij wel,' sprak hij bedachtzaam. 'Ik heb geleerd om met gevoelens zo voorzichtig mogelijk om te gaan. Sommige mensen zijn erg kwetsbaar.'
Vledder trok een denkrimpel in zijn voorhoofd.
'Ik vraag mij af... waarom vertelt Camilla Verduin ons dat verhaal? Maakt ze zich werkelijk zorgen om haar relatie en wil ze daarom weten of Justus van Haemstede een crimineel verleden heeft... of heeft Justus haar gestuurd om te vernemen in welke richting onze verdenkingen gaan? Waarom lanceert zij de naam Martha Overdijk? Is het jaloezie... jaloezie omdat ene Martha Overdijk in de dromen van Justus een rol speelt... of is het een bedekte aanwijzing in de richting van de dader?'
De Cock keek hem van terzijde bewonderend aan.
'Een hele goede analyse,' sprak hij prijzend. 'We moeten maar eens naar ene Martha Overdijk in onze eigen administratie duiken. Of het bevolkingsregister uitspitten.' Hij staarde even nadenkend voor zich uit.
'Ken jij een recente moord met ene Martha van Overdijk als slachtoffer?'
Vledder reageerde verrast.
'Verwacht je dat dan?'
De Cock zuchtte diep.
'Min of meer.'

Vledder parkeerde de politie-Volkswagen bij het ijzeren hek van de begraafplaats Zorgvlied. Toen hij het sleuteltje uit het contactslot nam, dieselde de oude motor nog een poosje na. Ze stapten uit en De Cock keek naar de lucht.
Het waterige zonnetje was verdwenen en een trage, slome regen zakte mistroostig uit een laag grauw wolkendek. Het zat zo diep, zo vast, dat het leek alsof het in Amsterdam verder eeuwig zou regenen. De Cock trok de kraag van zijn regenjas omhoog en drukte zijn hoedje verder naar voren. Met Vledder aan zijn zijde liep hij naar de ingang en schuifelde in zijn zo typische slenterpas over het grove

grind van het toegangspad.
Bij de aula stonden een paar mensen op een kluitje bijeen. De Cock herkende gezichten van lieden, die uit een ziekelijke belangstelling elke begrafenis van een vermoorde man of vrouw bijwoonden. Hij schonk hen een minachtende blik.
Een brede, glanzende lijkwagen kroop over het grind van het toegangspad naderbij. Het gaf een knarsend geluid. Op enige afstand stopten de volgwagens. De deuren van de aula gleden open en de met bloemen bedekte baar werd uit de wagen getild.
Met ontbloot hoofd, zijn oude hoedje in zijn hand, keek De Cock toe en hoopte, dat er niet te veel koud regenwater op zijn haardos zou vallen.
Toen een ieder door de aula was opgeslokt, stapte hij met Vledder als laatste naar binnen. De beide rechercheurs schoven naar de achterwand. Geleund tegen de eikehouten lambrizering keken ze naar de ruggen van de aanwezigen.
Een grijze heer in stemmig zwart nam achter een kathedertje plaats en sprak woorden van deernis met de diep bedroefde ouders.
De galmende woordenreeks van de grijze heer bereikte De Cock slechts ten dele. Hij liet zijn scherpe blik langs de ruggen dwalen. Vooraan, op de eerste rij, ontwaarde hij Justus van Haemstede. Naast hem zaten een oudere man en een oudere vrouw... de ouders van het slachtoffer. Justus, zo constateerde De Cock, leek op zijn moeder.
Wat eenzaam, aan de zijkant van de derde rij, zat Camilla Verduin. Haar fraaie blonde haren contrasteerden scherp met het zwarte mantelpakje dat ze droeg.
Ineens stokte de adem van De Cock. Op de vierde rij ongeveer in het midden, zat een jongeman. Hij had een bleek smal gezicht met iets oplopende jukbeenderen. Zijn ruige, blonde haren waren geknipt, gekamd en getemd met pommade. Gestoken in een keurig donkergrijs kostuum was hij bijna niet herkenbaar. De transformatie van een vervuilde, onverzorgde junk tot een stijfburgerlijk geklede jongeman. De Cock vroeg zich af wie of wat die opmerkelijke transformatie van Marinus van de Heuvel had bewerkstelligd.
Hij keek opzij naar Vledder en hoopte oprecht, dat de jonge rechercheur Marinus van de Heuvel in zijn nieuwe gedaante niet zou herkennen. Vledders gedrag was in zo'n situatie onvoorspelbaar.
De Cock liet zijn blik nog eens naar de jongeman dwalen. In zijn hart

sloop bewondering voor Marinus van de Heuvel. Hij moest beseffen welk een risico hij liep om de begrafenis van Annelies van Haemstede bij te wonen. Woorden van hem kwamen De Cock in herinnering: 'Ik hield van Annelies... op mijn manier dan... misschien stelde het niet zo bar veel voor... maar ik heb toch vaak voor haar gescoord... haar verzorgd als ze weer eens ziek was...'
De galmende grijze heer was van achter het kathedertje verdwenen en de dragers schaarden zich naast de baar. Voor hen schoven de brede deuren uiteen.
Op een stille wenk van hun leider tilden de dragers de baar op hun schouders en stapten naar buiten. De belangstellenden volgden. Schuilend onder hun paraplu's schuifelden ze de regen in.
De Cock keek om zich heen. De begraafplaats zag er triest en verlaten uit. De bloemen kleurden niet en zelfs de vogels hielden zich schuil. Onder druipende bomen sjokten ze naar de groeve.
Daar groepeerde men zich in een kring omheen. De grijze heer in stemmig zwart nam weer het woord. 'Daar het de almachtige God behaagd heeft,' galmde hij plechtig, 'onze gestorven zuster Annelies van Haemstede tot zich te nemen... zo bestellen wij haar lichaam ter aarde... as tot as... stof tot stof...'
De Cock zocht met zijn ogen Marinus van de Heuvel. Hij ontdekte hem iets buiten de kring. Hij stond daar alleen, zonder paraplu, met gebogen hoofd en zijn handen gevouwen. Traag daalde de regen op hem neer. In zijn trieste verlatenheid was de jongeman een toonbeeld van droefheid.
Ineens keek hij op. Hun blikken kruisten elkaar. Een moment leek het alsof hij zich zou omdraaien en weggaan, maar hij bleef staan. Met gebogen hoofd keek hij toe hoe de kist langzaam in het graf zonk.
De Cock stond in tweestrijd. Hij vroeg zich af wat hij moest doen. Er liep een opsporingsbericht voor Marinus van de Heuvel. Ambtelijk was hij verplicht om tot zijn arrestatie over te gaan. Iets weerhield hem. Hij had nooit zo sterk aan de schuld van Marinus van de Heuvel geloofd... de overtuiging, dat de jongeman bij de moord op Annelies van Haemstede was betrokken, had nooit bezit van hem kunnen nemen. Had hij iets met de moord op Jeanette van Zelhem te maken? Peter van Buuren, de jonge diender, had hem in de buurt gezien. Toeval?
Zijn besluiteloosheid verlamde hem. Toen hij weer opkeek was

Marinus van de Heuvel verdwenen. Hij stond niet meer achter de kring, die langzaam uiteen ging.
Vledder stootte hem van terzijde aan.
'Gaan we?'
De Cock knikte afwezig.
'Heb je nog bekenden gezien?'
Vledder gebaarde voor zich uit.
'Justus van Haemstede... die zat in de aula met zijn ouders op de eerste rij. En dan die Camilla Verduin in een zwart mantelpakje.'
'Verder nog?'
Vledder schudde zijn hoofd en De Cock zweeg.

Ze reden van de begraafplaats weg. De regen viel nog steeds in stromen neer. Vledder liet de ruitewissers in de hoogste versnelling zwiepen en De Cock, naast hem, zakte nadenkend onderuit. Hij voelde zich niet prettig. De oude rechercheur had moeite om zijn eigen gedrag te verklaren. Hij was naar Zorgvlied, naar de begrafenis van Annelies van Haemstede gegaan, omdat hij verwachtte, dat Marinus van de Heuvel daar zou verschijnen. Maar toen hij hem inderdaad in de aula en later rond het graf aanwezig zag, bleef hij passief... kwam hij tot geen enkele actie.
Hij schudde zijn hoofd en kwalificeerde zichzelf als een sentimentele oude dwaas, die eerder naar zijn gevoel luisterde dan dat hij zijn gezond verstand liet werken. Hij had die Marinus van de Heuvel moeten arresteren. Al was dat alleen maar voor de beroving van die Duitse toerist.
Vledder keek hem van terzijde aan.
'Weet je wie ik op Zorgvlied heb gemist?'
'Nou?'
'Jean-Paul van Capelle. Hij is toch een poosje met die Annelies verloofd geweest. En hij was jaren bevriend met Justus van Haemstede. Hij kende haar ouders. Men zou toch verwachten, dat hij van zijn belangstelling blijk zou geven.'
Om de mond van De Cock dartelde een glimlach.
'Misschien mocht hij niet van zijn moeder.'
Een tijdje reden ze zwijgend voort. De wind wakkerde aan, zodat de regen meer vaart kreeg. Het kletterde op het dak van de Volkswagen.
Vledder wees naar het water van de Amstel.

De golven hadden schuimkopjes.
'Zullen we even kijken op de *Christoffel?* We zijn toch in de buurt.'
De Cock schudde zijn hoofd.
'Ik wil terug naar de Kit,' sprak hij nukkig. 'Ik laat het initiatief liever aan hem over. Ik wil eerst afwachten hoe Harry Devoorde op het bericht van Smalle Lowietje reageert.'
Vledder grinnikte.
'Zou hem dat bericht al hebben bereikt?'
Vledder tuitte zijn lippen.
'Dat denk ik. Mijn ervaring is, dat de 'tam-tam' heel snel werkt.'
Vledder minderde vaart. Langzaam reed hij aan de *Christoffel* voorbij. De oude schuit leek verlaten. Er was geen spoor van leven.
Vledder blikte opzij.
'Zullen we toch even...' Hij maakte zijn zin niet af.
De Cock wees gebiedend voor zich uit.
'Terug naar de Kit,' sprak hij streng.
'Oké boss.'
'Ik ben je 'boss' niet.'
Vledder snoof.
'Je doet wel alsof.'
De Cock liet het onderwerp varen. Hij drukte zich omhoog.
'Wanneer wordt Jeanette van Zelhem begraven?'
'Morgen.'
'Op Zorgvlied?'
Vledder knikte.
'Wil je daar ook heen?'
'Ja.'
De jonge rechercheur trok een grijns.
'Waarom? Dit bezoek aan Zorgvlied heeft ook niets opgeleverd.'
De Cock ging aan de opmerking voorbij.
'Ik verwacht, dat de ouders van Jeanette aanwezig zullen zijn. Ik wil eens met ze praten. Ergens in het leven van Jeanette en ook van Annelies moet beslist iets zijn gebeurd, dat betrekking heeft op hun gewelddadige dood. Er is een motief dat hen bindt... een motief voor hun moordenaar.'
Vledder reageerde niet. Hij reed de politiewagen voorzichtig de natte gladde steiger op.
De beide rechercheurs stapten uit en sjokten met gebogen hoofd door de regen naar de Warmoesstraat. Toen ze de hal van het politiebu-

reau binnenstapten, wenkte Jan Kusters De Cock met een kromme vinger. Hij deed de deur naast de balie open.
'Kom eens mee,' sprak hij geheimzinnig. 'Ik heb een verrassing voor je.' Met een ring met sleutels in zijn hand, ging de wachtcommandant De Cock voor naar het cellenhuis. Hij stak een sleutel in cel 5, draaide die om en trok de zware celdeur open.
Gestoken in een verregend donkergrijs kostuum, stond achterin, met zijn rug tegen de muur, een jongeman. Het schaarse licht glansde op de pommade in zijn blonde haar en om zijn mond speelde een glimlach.
De Cock staarde hem aan.
'Marinus van de Heuvel,' lispelde hij.
Jan Kusters knikte.
'Hij heeft zich tien minuten geleden gemeld.'

16

De Cock blikte opzij naar Jan Kusters.
'Ik neem hem mee naar boven.'
De wachtcommandant wenkte Marinus van de Heuvel uit zijn cel.
'Ga maar met de rechercheur mee,' sprak hij op vaderlijke toon. 'En haal nu eens alles uit de kast.'
De Cock glimlachte om de opmerking. Hij legde vertrouwelijk zijn hand op de schouder van de jongeman.
'Ik geloof, dat Marinus het van nu af aan anders gaat doen... heel anders.' Hij leidde de jongeman het cellenhuis uit en ging met hem achterom de trappen op naar de tweede etage.
Toen ze samen de grote recherchekamer binnenstapten, keek Vledder hem met grote ogen aan. Hij wees op Marinus van de Heuvel.
'Hij was de verrassing van Jan Kusters!'
De Cock knikte.
'Marinus heeft zich vrijwillig gemeld.'
Vledder liep op de jongeman toe en grijnsde.
'Vrijwillig?' riep hij minachtend. 'Het was helemaal niet vrijwillig... niet uit vrije wil... het was uit wroeging. Hij heeft berouw. Het bloed van Annelies kleeft aan zijn handen.'
Even vonkte er iets in de ogen van Marinus van de Heuvel en De Cock was bang voor een te felle reactie. Maar de jongeman wendde zijn hoofd van Vledder af en zweeg. De oude rechercheur vatte Marinus bij zijn arm en liet hem op de stoel naast zijn bureau plaatsnemen.
'Waarom was je gevlucht?' vroeg hij vriendelijk. 'Moeten we dat opvatten als een teken van schuld?'
De jongeman schudde zijn hoofd.
'Ik was bang,' sprak hij zacht, 'dat ik niet in de gelegenheid zou zijn om de begrafenis van Annelies bij te wonen.'
Op het gezicht van Vledder verscheen weer een grijns.
'Een smoes,' riep hij uit. 'Een sentimentele smoes. Wij waren vanmorgen bij de begrafenis op Zorgvlied. We hebben je daar niet gezien.'
Marinus van de Heuvel keek naar De Cock. De grijze speurder blikte terug, maar reageerde verder niet.
'Ik was er,' sprak de jongeman.

Vledder schudde zijn hoofd.
'We hebben je niet gezien.'
Marinus van de Heuvel zuchtte.
'Ik was er,' herhaalde hij koppig.
De Cock keek strak naar Vledder. Hij ondervond de interrupties van zijn jonge collega dit keer als storend.
'Terwijl... eh, terwijl ik hier met Marinus verder praat... probeer jij intussen iets over ene Martha Overdijk te weten te komen.'
De jonge rechercheur begreep de wenk. Met een blos op zijn wangen draaide hij zich om en liep de kamer af.
Marinus van de Heuvel fronste zijn wenkbrauwen.
'U hebt mij toch gezien aan het graf?'
De Cock knikte traag.
'Ik zag je al in de aula,' verzuchtte hij. 'Ik had je ook moeten arresteren.'
'Waarom deed u dat niet?'
De Cock schoof zijn onderlip naar voren.
'Ik heb er geen redelijke verklaring voor. Misschien uit piëteit met de dode... met de ter-aarde-bestelling... misschien ook omdat ik onbewust de zekerheid had, dat je je eigener beweging zou melden.'
Marinus van de Heuvel glimlachte.
'Ik verwachtte voor mij op Zorgvlied een compleet arrestatie-team. Toen dat er niet was en u mij bovendien ongestoord bij het graf van Annelies liet staan, heb ik dat willen honoreren.'
'Door je te melden?'
Marinus van de Heuvel knikte.
'Ik ben in een vrij korte tijd mezelf een paar maal tegengekomen. De eerste keer was bij de ontdekking van dat mes in de rug van Annelies. De tweede keer na mijn vlucht uit het politiebureau. Ik durfde niet terug naar Emile de Boer. Die had mij al zo vaak geholpen. Ergens in de Jordaan kende ik een kraakpand waar verslaafden wonen. Toen ik daar binnenstapte en al die vervuilde, verkommerde figuren bijeen zag, realiseerde ik mij plotseling, dat ik een van hen was. Dat schokte mij. Het was een totale ontnuchtering.'
De Cock keek hem gespannen aan.
'En?'
'Ik ben daar in dat pand in de Jordaan gebleven. Tot vrij laat. Ik heb in m'n eentje de balans van mijn eigen leven opgemaakt en kwam tot de slotsom, dat er snel iets moest gebeuren. Ik besloot toen om toch

naar Emile de Boer te gaan. In de buurt van de Dam werd ik bijna weer gearresteerd door dezelfde diender, die mij voor de beroving van die Duitser had gepakt.'
De Cock glimlachte.
'Je wist te ontkomen?'
Marinus van de Heuvel grinnikte.
'Het was op het nippertje.' Hij zweeg even. De uitdrukking op zijn gezicht veranderde. 'Ik heb Emile de Boer gevraagd mij nog één keer te willen helpen en ik heb hem bezworen, dat ik dit keer echt van de drugs af wilde.'
'Dan mag je hem niet beschamen.'
Marinus van de Heuvel schudde zijn hoofd.
'Dat doe ik ook niet.' Hij plukte met zijn beide handen aan de revers van zijn donkergrijze colbert. 'Dit is van Emile. Ik mocht het van hem dragen bij de begrafenis van Annelies. Hij heeft mij ook met zijn auto vanaf Zorgvlied naar de Warmoesstraat gebracht... om mij te melden.'
De Cock keek hem onderzoekend aan.
'Kleeft aan jouw handen het bloed van Annelies?' vroeg hij ernstig.
Marinus van de Heuvel stak zijn rechterhand omhoog en keek ernaar. 'Aan die hand kleefde bloed van Annelies,' antwoordde hij hoofdknikkend. 'Maar niet zoals uw collega dat bedoelde. Ik heb Annelies niet vermoord. Ik hield van haar. Ik vond het verschrikkelijk, dat ze zo ziek was... en ik wist, dat ze gauw zou sterven.'
De Cock zuchtte.
'Jouw gedrag is voor mij moeilijk in te schatten. Misschien was het wel een wanhoopsdaad... wilde je haar helpen... haar uit haar lijden verlossen.'
Marinus van de Heuvel keek hem verschrikt aan.
'Euthanasie... met een mes?'
In zijn stem trilde ongeloof.
De Cock antwoordde niet. Hij wreef over zijn kin en lette onderwijl scherp op elke gelaatstrek van de jongeman.
'We hebben... net als Annelies... nog een vrouw gevonden met een mes in haar rug... ene Jeanette van Zelhem. Zegt die naam jou iets?'
Marinus van de Heuvel schudde zijn hoofd.
'Jeanette van Zelhem... nee, dat zegt mij niets.' Hij fronste zijn wenkbrauwen. 'Werd ze op dezelfde manier als Annelies vermoord?'

De Cock knikte met een strak gezicht.
'Het gebeurde op de Keizersgracht... dicht bij de Raadhuisstraat... kort voordat jij uit die richting kwam rennen.'
Marinus van de Heuvel keek hem onbewogen aan.
'Ik ken geen Jeanette van Zelhem. Ik heb die naam nooit gehoord. Ik heb u zo even tegen uw collega wel een naam horen noemen, die mij bekend voorkwam.'
De Cock kneep zijn ogen half dicht.
'Martha Overdijk?'
Marinus van de Heuvel knikte.
'Ik heb haar zelf nooit ontmoet, maar Annelies vertelde mij, dat zij een jonge vrouw van die naam had leren kennen aan het AMC... toen Annelies daar voor aids werd onderzocht.'

Nadat De Cock Marinus van de Heuvel weer naar zijn cel had gebracht en terugkwam in de recherchekamer, trof hij Vledder achter zijn bureau.
De jonge rechercheur keek naar hem op. 'Heeft hij bekend?'
De Cock reageerde wat verward.
'Marinus van de Heuvel?'
Vledder knikte nadrukkelijk.
'Je hebt hem toch verhoord?'
De Cock reageerde meteen:
'Die jongen is onschuldig... aan de moorden.'
'Daarvan ben je overtuigd?'
'Ja.'
Vledder schudde resoluut zijn hoofd.
'Ik niet,' sprak hij koppig. 'Dat heb ik je van het begin af aan gezegd. Zijn vingerafdrukken staan op het mes, dat in de rug van Annelies stak en hij had bloed aan zijn handen. Het is heel goed mogelijk om met succes een proces-verbaal tegen hem op te maken en een strafvervolging terzake moord tegen hem te beginnen. We krijgen de Officier van Justitie beslist mee. Daar twijfel ik niet aan.'
De Cock liet zich in zijn stoel achter zijn bureau zakken. 'Ik voel er niets voor,' sprak hij hoofdschuddend. 'Helemaal niets. De moorden op Annelies van Haemstede en Jeanette van Zelhem zijn volgens mij door één en dezelfde man of vrouw gepleegd. En van enige relatie tussen Marinus van de Heuvel en Jeanette van Zelhem is ons niets gebleken.'

Vledder grijnsde.
'Maar dat kan toch? Jeanette van Zelhem was nogal frivool. Ze keek niet zo nauw. Ze had veel relaties met mannen. Daar kan ook ene Marinus van de Heuvel bij zijn geweest.'
De Cock schudde zijn hoofd.
'De frivole Jeanette van Zelhem was niet verslaafd... althans niet aan drugs. Ze had geen relaties met verslaafde mannen. Het is ook niet te verwachten, dat wij zo'n relatie vinden. Verslaafden hebben hun eigen *scene*. Dat maakt het voor hen ook zo moeilijk om af te kicken. Ze voelen zich in hun eigen kringetje van verslaafden thuis en blijven daarin hangen.'
Vledder snoof.
'Dat is theorie... een theorie, waarop wellicht tal van uitzonderingen zijn.'
De Cock zuchtte berustend.
'Het staat je volkomen vrij om ten aanzien van Marinus van de Heuvel naar bewijzen van zijn schuld te zoeken. Verhoor hem opnieuw... op je eentje. Maar ik ben ervan overtuigd, dat hij inzake die moorden onschuldig is en je zult met keiharde feiten moeten komen, wil ik van gedachten veranderen.'
Vledder lachte ineens vrijuit.
'Het lijkt waarachtig wel of wij ruzie hebben.'
Ook bij De Cock brak een glimlach door.
'Verschil van mening houdt de gedachten fris. Ben je nog iets te weten gekomen over de nachtmerries van Justus van Haemstede?'
'Je bedoelt Martha Overdijk?'
'Ja.'
Vledder spreidde zijn beide handen.
'Ze stierf... ruim een maand geleden.'
De Cock boog zich met een ruk naar voren.
'Ze stierf?'
'Ja.'
'Hoe?'
'Een natuurlijke dood... dat staat op haar verklaring van overlijden.'
'Hoe oud is ze geworden?'
'Vijfentwintig jaar.'
De Cock knikte somber voor zich uit.
'Ze stierf aan aids... en dat heet dan een natuurlijke dood.'

Vledder keek hem verrast aan.
'Aids?' herhaalde hij geschrokken. 'Stierf Martha Overdijk aan aids. Hoe... eh, hoe kom je aan die wijsheid?'
De Cock schudde zijn hoofd.
'Geen wijsheid. Marinus van de Heuvel had mij tegen jou de naam Martha Overdijk horen noemen. Hij kende die naam via Annelies. Die had ene Martha Overdijk leren kennen in het AMC, toen zij daar voor aids werd onderzocht.'
Vledder trok een denkrimpel in zijn voorhoofd.
'En daaruit concludeer jij, dat zij vermoedelijk aan aids is gestorven.'
De Cock knikte traag.
'Ook gezien haar leeftijd... vijfentwintig jaar.' Hij staarde peinzend voor zich uit. 'Ik vraag mij af of Justus van Haemstede van haar dood heeft gehoord.'
Vledder slikte.
'En bang is, dat hij ook besmet is.'

17

De blik van Vledder verhelderde. Hij klapte met zijn vlakke hand een paar maal op het blad van zijn bureau. 'Dat is het,' riep hij enthousiast. 'Natuurlijk, dat is het. Zonneklaar. Daarom is die Justus van Haemstede zo terneergeslagen. Hij is bang, dat hij is besmet... seropositief is. Dat verklaart ook zijn afwijzende houding ten opzichte van zijn vriendin Camilla Verduin. Hij wil niet het risico lopen om ook haar te besmetten.'

De Cock keek hem bewonderend aan.

'Dat was weer een prima analyse,' sprak hij kalm. 'Goed doordacht. Als die analyse juist blijkt, dan is dat een trieste zaak... voor Justus van Haemstede en zijn vriendin Camilla Verduin. Maar voorlopig is het nog een tikkeltje voorbarig. We zullen eerst moeten weten of die Martha Overdijk inderdaad aan de gevolgen van aids is overleden en of Justus van Haemstede met haar een zodanige verhouding heeft gehad, dat zijn angst voor besmetting gerechtvaardigd lijkt.' De oude rechercheur zweeg even en peinsde. 'Was Martha Overdijk getrouwd?'

'Nee.'

'Een vriend?'

Vledder trok zijn schouders op.

'Misschien komt het nog,' sprak hij glimlachend, 'maar voorlopig worden vrienden nog niet bij de Burgerlijke Stand ingeschreven.'

'En daar heb jij jouw gegevens uit.'

'Precies.'

De Cock kauwde op zijn onderlip.

'Die gestorven Martha Overdijk zou in ons onderzoek best eens een sleutelfiguur kunnen worden... een vrouw, om wie alles draait. De aanzet tot de latere moorden. Waarom wordt Justus van Haemstede bij het noemen van haar naam in zijn slaap gillend wakker? Is het alleen de angst voor een dodelijke besmetting of spelen nog andere factoren een rol?'

Vledder knikte instemmend.

'En waarom brengt juist Camilla Verduin ons op het spoor van die Martha Overdijk? Wat is haar motief? Dat heeft mij steeds beziggehouden.'

De Cock zuchtte. 'Heb je haar adres?'

'Van wie?'
'Martha Overdijk.'
Vledder grijnsde.
'De Oosterbegraafplaats.'
De Cock keek zijn jonge collega bestraffend aan.
'Je weet best wat ik bedoel.'
Vledder trok gniffelend een lade van zijn bureau open en nam daaruit een notitie.
'Insulindeweg,' las hij hardop, 'negenhonderddrieënzeventig... een benedenhuis.'

De jonge rechercheur vond nog een plaatsje voor de oude Volkswagen in de Semarangstraat. De beide mannen stapten uit en slenterden naar de brede Insulindeweg.
De Cock wees in de richting van de Molukkenstraat.
'Daar, op de hoek van de Insulindeweg en de Riouwstraat was vroeger een politie-posthuis. Daar ben ik als jonge diender begonnen.'
Vledder keek hem glimlachend aan.
'Een eeuw geleden?'
De Cock grijnsde.
'Zo ongeveer.'
Voor nummer 973 bleven ze staan. Onder een koperen drukbouton, naast een verveloze deur, stond in witte letters, verzonken in een zwart plastic naamplaatje 'M. C. Overdijk'.
De Cock drukte op de bouton en ergens ver weg rammelde gesmoord een elektrische schel.
Het duurde enkele minuten. Toen werd de deur geopend door een wat gezette vrouw in een gebloemd schort. Ze keek de beide mannen voor zich schattend aan. In haar blik lag argwaan.
De grijze speurder nam zijn hoedje af en maakte een lichte buiging.
'Mijn naam is De Cock,' sprak hij vriendelijk. 'De Cock met ceeooceekaa.' Hij duimde opzij. 'En dat is mijn collega Vledder. Wij zijn rechercheurs, verbonden aan het politiebureau aan de Warmoesstraat.'
'Recherche?'
De Cock knikte.
'Uw naam is... eh, Overdijk?'
'Ja.'

'U... eh, u bent de moeder van Martha?'
De vrouw trok haar mond strak.
'Wat wilt u van Martha?'
Het klonk vijandig.
De Cock trok een somber gezicht.
'Niets... niets meer.' Hij zuchtte diep. 'Wij willen graag een onderhoud met u... over haar dood.'
Op het gezicht van de vrouw kwam een wrange grijns.
'Wat heeft dat nog voor zin? Brengt dat haar weer tot leven?'
De Cock schudde zijn hoofd.
'De dood is onomkeerbaar. Martha komt niet meer terug. Maar anderen leven nog. Misschien mogen wij eens met u praten over u... uw verdriet... en die anderen, die nog leven.'
De argwaan in de blik van mevrouw Overdijk bleef, maar ze deed een stap terug en hield de deur open.
'Kom erin.'
De beide rechercheurs stapten in de nauwe gang aan de vrouw voorbij en wachtten tot zij de deur had gesloten en hen voorging naar een kleine kamer met een pietepeuterig dressoirtje en vier stoelen om een tafel met een rood pluchen kleed.
Mevrouw Overdijk wuifde.
'Ga zitten. Maak het je gemakkelijk. Zal ik koffie voor jullie zetten?'
De Cock trok een stoel van onder de tafel vandaan.
'Doet u geen moeite,' sprak hij hoofdschuddend. 'Rechercheurs hebben van zichzelf al een donkere ziel.' Hij nam plaats en legde zijn hoedje naast zich op het vloerkleed. Daarna schoof hij op tafel een vaas met madeliefjes iets opzij en keek naar de vrouw, die tegenover hem was gaan zitten.
Ze had donkerbruine ogen en een rond, vlezig gezicht, waarin verdriet en leed diepe voren hadden getrokken. Haar zwarte haar met veel grijs zag er onverzorgd uit.
'Waaraan is Martha gestorven?'
Mevrouw Overdijk trok achteloos haar schouders op.
'Ze had duizend kwaaltjes... sukkelde gesloopt verder. Ik geloof, dat ze uiteindelijk aan een longontsteking is gestorven.'
'Ze had aids?'
Mevrouw Overdijk knikte traag.
'Ik weet niet hoe u het weet... wie het u heeft verteld, maar ik praat

er liever niet over. Ik wil ook niet graag, dat mijn familie het weet... of mijn buren. Mensen vinden het toch een beetje griezelig. Ze geloven niet, dat je er niets aan doen kunt... dat je niet altijd kunt voorkomen dat je wordt besmet.'
'Hebt u er enig idee van hoe Martha die ziekte heeft opgelopen?'
Mevrouw Overdijk antwoordde niet direct. Ze plukte een onzichtbaar pluisje van het tafelkleed. 'Toen ze achttien was wilde ze het huis uit... op kamers wonen. Dan heb je er als moeder geen zicht meer op. Ik weet ook niet wat voor vriendjes ze heeft gehad... en hoeveel. Ze was nogal in trek. Op een dag kwam ze hier bij mij op bezoek en ik zag direct, dat het niet goed met haar was. Ze zag er slecht uit. Zo kende ik haar niet. Kom maar weer naar huis, meid, heb ik toen gezegd.'
'En dat gebeurde?'
Mevrouw Overdijk knikte.
'Ze kon het alleen niet meer aan.'
'Ze was toch onder behandeling in het AMC?'
Mevrouw Overdijk zuchtte diep.
'Martha is daar een tijdje opgenomen geweest. Ze waren erg goed voor haar. Dat moet ik zeggen. Maar toen ik zag dat het afliep, heb ik haar weer mee naar huis genomen.' Ze wees met trillende hand voor zich uit. 'Daar heeft ze gelegen... op een bed voor het raam... kon ze nog af en toe de zon zien.'
Mevrouw Overdijk boog haar hoofd. Haar lichaam schokte. De Cock wachtte geduldig en keek toe hoe ze een zakdoek uit haar schort nam en haar tranen droogde.
'Toen Martha nog op kamers woonde, kwam ze toen regelmatig bij u op bezoek?'
Mevrouw Overdijk schudde het hoofd.
'Niet regelmatig... zo te hooi en te gras... soms zag ik haar maanden niet.'
'Nam ze weleens een vriend mee?'
Mevrouw Overdijk keek naar hem op.
'Alleen Justus... Justus is hier weleens geweest. Een fijne jongen, van goede familie... Van Haemstede. Jammer dat het tussen die twee niets is geworden.' Ze wees opnieuw voor zich uit naar het raam. 'Een paar dagen voor Martha's dood zat hij nog naast haar aan het bed en huilde.'

Ze reden van de Semarangstraat weg. In tegenstelling tot zijn gewoonte manoeuvreerde Vledder de oude Volkswagen uiterst rustig door het woelige stadsverkeer. De Cock zat onderuitgezakt naast hem. Op zijn breed gezicht lag een sombere trek.
'In vroeger eeuwen zou men zo'n ziekte vermoedelijk 'de Gesel Gods' hebben genoemd, zoals 'de Zwarte Dood' in de veertiende eeuw.'
Vledder glimlachte.
'Ik denk, dat de mensen niet meer geloven dat God geselt.' Hij zweeg even en blikte opzij. 'Is het met 'de Zwarte Dood' te vergelijken?'
De Cock maakte een schouderbeweging.
'Ik ben geen epidemioloog. Maar de ziekte lijkt mij vooral voor jonge mensen erg bedreigend. Bij seksuele contacten moet er onderling wel een groot vertrouwen heersen.'
'Wat schieten we er mee op?'
'Waarmee?'
'Dat Justus van Haemstede aan Martha's ziekbed zat en huilde?'
De Cock maakte een hulpeloos gebaar.
'Het bevestigt ons vermoeden, dat Justus van Haemstede er ernstig rekening mee houdt, dat hij is besmet. Het enige wat wij hem kunnen aanraden is naar het AMC te gaan om zich te laten onderzoeken.'
'Maar brengt het ons verder naar de moordenaar?'
De Cock schudde zijn hoofd.
'Ik ben er nog steeds niet achter welk motief er achter de beide moorden schuilgaat.' In zijn stem klonk irritatie. 'Ik begrijp ook de rol van die Justus van Haemstede niet. Ik heb het idee, dat hij meer weet, dan dat hij ons tot nu toe heeft geopenbaard. Maar ik kan toch moeilijk geloven, dat hij iets met de dood van zijn eigen zuster heeft te maken.'
Vledder blikte opzij.
'Waarom niet? Het zou de eerste keer niet zijn, dat iemand zijn eigen zuster om zeep hielp.'
De Cock zuchtte diep.
'Het is mogelijk, zeker. Maar gevoelsmatig wil ik er niet aan.' De grijze speurder sloot zijn ogen en wreef met een pijnlijk gezicht achter in zijn nek. Hem bekroop de machteloosheid van een schaker, voor wie een patstelling dreigt.
Vledder naast hem grinnikte.

'Het valt me mee, dat commissaris Buitendam nog niet begint te mekkeren. We zijn al enkele dagen op pad en zijn nog geen steek verder gekomen.'
De Cock bromde.
'Ik denk, dat de Officier van Justitie nog niet heeft gebeld. Maar als de commissaris denkt, dat hij het beter kan, dan moet hij het zelf maar doen.'
Vledder gniffelde om de reactie. Hij reed vanaf de Muiderstraat naar het Waterlooplein, langs Amsterdams omstreden Stopera en over de oude Blauwbrug rechts naar de Amstel. Hij wees voor zich uit.
'Weet je waar ik zin in heb?'
'Nou?'
De jonge rechercheur maakte een smakgeluidje.
'Een cognackie.'
De Cock lachte.
'Ik ook. Maar Smalle Lowietje moet nog maar even wachten. We gaan eerst naar de Kit. Misschien zijn er nog nieuwe ontwikkelingen.'
Via het Muntplein, het Rokin en het Damrak reed Vledder langs de Bijenkorf en het Beursgebouw naar de Oudebrugsteeg en parkeerde op de houten steiger.
De beide rechercheurs stapten uit en slenterden op hun gemak naar de Warmoesstraat. Het was druk in de Lange Niezel. Het seksbedrijf kwam alweer op gang.
Toen ze de hal van het politiebureau binnenstapten, wenkte Jan Kusters de grijze speurder naderbij. Op het gezicht van de wachtcommandant lag een grijns.
De Cock keek hem onderzoekend aan.
'Wat is er?'
In zijn stem klonk argwaan.
'Ken jij Harry Devoorde?'
De Cock schudde zijn hoofd.
'Persoonlijk niet. Ik heb nog nooit wat met hem van doen gehad. Maar ik weet, dat hij bestaat.'
Jan Kusters gebaarde naar het telexapparaat achter de balie. 'Hij is dood. Een uurtje geleden hebben ze hem voor zijn kop geschoten.'
De Cock trok een vies gezicht.
'Wat?' riep hij geschrokken.
De wachtcommandant knikte. 'Bij een bankoverval.'

18

Vledder keek De Cock peinzend aan.
'Je bent niet erg onder de indruk van de dood van Harry Devoorde?'
De oude rechercheur schudde zijn hoofd.
'Gewelddadige figuren als Harry Devoorde zoeken vaak hun eigen dood. Als je na een bankoverval een vuurgevecht met de politie begint, dan neem je toch grote risico's. Ik heb in wezen meer te doen met de jonge agent, die uiteindelijk het dodelijke schot loste. Ik heb dat een paar maal van nabij meegemaakt. Hij gaat een nare tijd tegemoet.'
'Hoezo?'
De Cock stak zijn rechterwijsvinger omhoog.
'Let maar op. Die diender gaat door de mangel. Iedereen walst over hem heen. Vragen... of het niet anders had gekund... of hij niet te snel naar zijn vuurwapen heeft gegrepen... of hij wel beseft, dat hij een medemens heeft gedood... stukken in de krant, dat de politie, net als in Engeland, beter geen vuurwapens kan dragen... enzovoort... enzovoort. Het is altijd hetzelfde. De bankoverval en het feit, dat Harry Devoorde zelf naar zijn revolver heeft gegrepen, zijn dan plotseling niet belangrijk meer.'
Vledder lachte.
'Wat doe je cynisch? Zo reageert men in ons kikkerlandje nu eenmaal.' Hij keek de oude rechercheur met een schuin hoofd aan. 'Is dat de reden, dat je nooit een pistool bij je draagt?'
De Cock knikte.
'Onder meer. Ik laat niet graag over mij heen walsen. Bovendien heb ik iets tegen vuurwapens.'
Vledder betastte zijn pistool in zijn schouderholster.
'Ik beschouw deze jongen als mijn vriend... een vriend in nood.'
De Cock liet het onderwerp rusten.
'Heb je bij het politiebureau aan de Lodewijk van Deysselstraat nog geïnformeerd of Harry Devoorde bij zijn bankoverval een medeplichtige had?'
Vledder knikte.
'Dat heb ik gevraagd. Het was wel weer dezelfde bank aan de Pieter Calandlaan, maar dit keer had Harry Devoorde geen medeplichtige. Een felrode Mitsubishi Station stond met open portier en met draai-

ende motor voor de ingang van de bank... zonder een man of een vrouw aan het stuur. Toen Harry Devoorde met zijn buit uit het bankgebouw kwam en bij zijn snelle vluchtwagen een paar dienders zag staan, begon hij te schieten. Een van de dienders schoot onmiddellijk terug en raakte hem aan zijn hoofd. Harry was vrijwel op slag dood.'

De Cock staarde nadenkend voor zich uit.

'En wij hebben geen verdachte meer.'

Het klonk berustend.

Vledder schoof een stoel bij en ging er achterstevoren op zitten. Het gezicht van de jonge rechercheur stond ernstig. 'Als Harry Devoorde,' formuleerde hij voorzichtig, 'inderdaad verantwoordelijk is voor de moord op Annelies van Haemstede, zijn vroegere medeplichtige, en op de moord op Jeanette van Zelhem, de jonge vrouw met wie hij vermoedelijk een nieuwe bankoverval had willen plegen... dan blijven wij met twee onopgeloste moorden zitten.'

De Cock knikte traag.

'Zonder hem komen we nooit meer tot een sluitende bewijsvoering.'

Vledder trok een denkrimpel in zijn voorhoofd.

'Ik vraag mij af of het tam-tam-bericht, dat wij via Smalle Lowietje hebben gelanceerd, mede van invloed is geweest... of dat alleen geldgebrek Harry Devoorde tot een nieuwe bankoverval dreef.'

'Hoe bedoel je dat?'

Vledder spreidde zijn beide handen.

'Dat Harry Devoorde nog snel zijn slag wilde slaan, voor hij op de vlucht ging.'

De Cock fronste zijn wenkbrauwen.

'Voor wie... voor wat?'

Vledder reageerde heftig.

'Voor ons... dat hij werkelijk Annelies van Haemstede en Jeanette van Zelhem heeft vermoord en bang was om voor die moorden gearresteerd te worden. Zijn paniekreactie vandaag bij het verlaten van de bank, toen hij direct op die dienders ging schieten, zou daarop kunnen wijzen.'

De Cock schudde zijn hoofd en zuchtte.

'Het heeft weinig zin daar nog verder over te filosoferen. Harry Devoorde is dood en als hij de moordenaar van die beide jonge vrouwen was, dan neemt hij dat geheim mee in zijn graf.'

Marinus van de Heuvel keek de grijze speurder verrast aan. 'Waarom hebt u mij uit de cel laten halen? Moet ik opnieuw worden verhoord?'
De Cock glimlachte.
'Je wordt morgenochtend voor de Officier van Justitie geleid. Dat wilde ik je even vertellen.'
'Terzake wat?'
De Cock veinsde verbazing.
'Je hebt een Duitse toerist beroofd. Herinner je je dat niet meer?'
Marinus van de Heuvel knikte peinzend.
'Het lijkt alweer zo lang geleden. Er is sindsdien zoveel met mij gebeurd.' Hij keek de oude rechercheur vragend aan. 'Hebt u de moordenaar van Annelies al gearresteerd?'
De Cock gebaarde voor zich uit naar Vledder.
'Mijn collega is er nog steeds van overtuigd, dat jij dat mes in haar rug hebt gestoken.'
Marinus van de Heuvel draaide zich met een ruk om. Zijn gezicht zag rood en zijn neusvleugels trilden.
'Zet dat idee uit je hoofd, man,' schreeuwde hij wild gebarend. 'Je bent verkeerd... helemaal verkeerd. Ik was het niet. Je moet mij niet hebben... pak die gore vieze vent van die schuit.'
Vledder keek hem onbewogen aan.
'De roestige *Christoffel* aan de Amstel,' sprak hij kalm. 'Je bedoelt Harry Devoorde?'
Marinus van de Heuvel knikte heftig.
'Die moet je hebben. Hij heeft het gedaan... hij was doodsbang, dat Annelies zou gaan praten over die bankoverval, die zij een paar jaar geleden samen hebben gepleegd en waarvan Annelies nooit een cent heeft gekregen. Hij had een motief voor de moord... ik niet. Ik ben altijd goed voor Annelies geweest. Ze was al ziek toen ze bij mij kwam. Ik heb haar verzorgd... ik heb voor haar gescoord... maar die vuile, vieze gore woesteling... die smeerlap, die...' Hij maakte zijn zin niet af. Hij snakte naar adem.
Vledder kneep zijn lippen op elkaar.
'Harry Devoorde is dood.'
Marinus van de Heuvel draaide zich weer naar De Cock.
Zijn mond hing half open en in zijn ogen lag een glazige blik.
'Dood?' stamelde hij.
De Cock knikte traag.

'Vanmiddag.'
Het gezicht van Marinus van de Heuvel toonde een totale verbijstering.
'Heeft hij het toch gedaan?'
De Cock fronste zijn wenkbrauwen.
'Wie?'
Marinus van de Heuvel slikte.
'Justus van Haemstede... Emile de Boer en ik hebben hem alles verteld en hij heeft ons bezworen, dat hij het zou doen.'
'Wat?'
'Wraak nemen... wraak nemen op Harry Devoorde... voor alles wat hij zijn zuster heeft aangedaan.'

'Heb je hem teruggebracht naar zijn cel?'
Vledder knikte met een somber gezicht.
'Hij is helemaal in de war. Nu hij weet hoe Harry Devoorde om het leven kwam, vindt hij het verschrikkelijk, dat hij Justus van Haemstede heeft beschuldigd. Bovendien is hij bang, dat nu de moord op Annelies nooit zal worden opgelost en dat er altijd een smet op hem zal blijven rusten.'
De Cock keek naar hem op.
'Ben je er nog van overtuigd, dat Marinus van de Heuvel het heeft gedaan?'
Vledder schudde zijn hoofd.
'Ik heb beneden in de cel nog even met hem zitten praten. Ik geloof hem nu.'
Op het gezicht van De Cock brak een glimlach door.
'Daar ben ik blij om.' Hij kwam overeind. 'Moeten we nog naar Smalle Lowietje?'
Vledder liet zich in zijn stoel achter zijn bureau zakken en streek met zijn handen door zijn blonde haren. 'Ik heb er eerlijk gezegd weinig trek meer in. Het bericht over de dood van Harry Devoorde en dat emotionele gesprek met Marinus van de Heuvel hebben mij toch wel aangegrepen.' Hij ademde diep. 'Ik heb ook voor het eerst tijdens dit onderzoek het gevoel, dat we er niet uitkomen... dat de moorden onopgelost blijven. Het kan bijna niet meer. Alle verdachten...' Hij maakte zijn zin niet af. Een zacht kloppen op de deur van de recherchekamer onderbrak zijn betoog. De jonge rechercheur sloot even zijn ogen en riep: 'Binnen.'

Het klonk vermoeid.
De deur ging langzaam open en in de deuropening verscheen een waarlijk beeldschone vrouw. Lang blond golvend haar gleed langs haar slanke hals en waaierde als een gordijn over de brede schouderflappen van haar modieuze regenmantel met capuchon. Op haar korte zeegroene laarsjes zweefde ze naderbij. Het leek alsof de tijd zich herhaalde.
De Cock liep blij verrast op haar toe.
'Camilla Verduin,' riep hij opgewonden. 'Opnieuw. Wat een genoegen.'
Ze bleef voor hem staan. Haar gezicht stond ernstig.
'Mag ik nog een momentje van uw tijd?'
De Cock bracht zijn beminnelijkste glimlach.
'Al is het voor de rest van de week,' sprak hij jolig.
Gepaard met een kleine buiging zwaaide hij naar de stoel naast zijn bureau. 'Kom bij mij zitten.'
De manier waarop Camilla Verduin bezit van haar zetel nam, getuigde opnieuw van groot raffinement. Toch leek ze meer gehaast, toonde ze meer nervositeit dan bij haar vorig bezoek. Ze knoopte haar groene regenmantel los, sloeg haar lange benen over elkaar en trok het korte strakke rokje dichter naar haar knieën.
'U... eh, u kent mijn probleem?' opende ze omzichtig.
De Cock gniffelde.
'Als ik mij goed herinner heette dat probleem Justus van Haemstede.'
Camilla Verduin knikte nadrukkelijk.
'Inderdaad. Sinds ik u die morgen in zijn maisonnette heb ontmoet, heb ik mij vrijwel voortdurend met dat probleem beziggehouden.'
De Cock keek haar bezorgd aan.
'Waarom?'
Camilla Verduin frunnikte aan de zoom van haar rokje.
'Ik houd niet van onzekerheden. Daar kan ik niet tegen. Die maken mij nerveus. Ik kom daar niet van los. Dan wil ik klaarheid... zo snel mogelijk. Kunt u zich dat voorstellen?'
De Cock glimlachte.
'Ik ken dat gevoel. Het is de passie van een goede rechercheur.'
Camilla Verduin zuchtte.
'Ik houd van Justus. Ik wil vechten voor mijn relatie met hem. Maar dan moet ik wel weten tegen wie of wat. Ik wil mijn tegenstander of

tegenstandster kennen. Dan weet ik waar ik op af kan gaan.'
De Cock strekte zijn wijsvinger naar haar uit.
'En weet je het nu?' vroeg hij kalm. 'Tegen wie of wat je moet vechten?'
Camilla Verduin knikte.
'Ik heb alle namen die ik Justus weleens in zijn slaap heb horen noemen, op een rijtje gezet. Vanmorgen heb ik dat rijtje namen aan hem voorgelegd. Ik heb hem gezegd, dat ik het gevoel had, dat onze relatie dreigde te mislukken en dat ik dat niet wilde... dat ik van hem hield. Maar dat de enige basis voor een goede verstandhouding openheid is... eerlijk zijn ten opzichte van elkaar.'
Ze sprak snel, hakkelend, struikelde soms over haar eigen woorden.
'Ik heb Justus voor een duidelijke keuze gesteld: òf een definitief einde aan onze verhouding... òf ten opzichte van elkaar een volkomen oprechtheid... weg met alle geheimen en achterbaks gedoe.'
'En?'
Camilla Verduin slikte en sloeg even haar beide handen voor haar gezicht.
'Justus heeft jaren geleden omgang gehad met de Martha Overdijk, die ik u noemde. Dat meisje is vorige maand aan aids gestorven.'
De Cock knikte.
'En nu is Justus bang, dat hij ook is besmet.'
Camilla Verduin keek naar De Cock op, die geen spier vertrok.
'Dat weet u al?'
'Wij hebben met de moeder van Martha Overdijk gesproken. Zij vertelde ons, dat Justus kort voor de dood van Martha nog bij haar op bezoek was geweest.'
Camilla Verduin vouwde haar handen in haar schoot.
'Justus en ik zijn vanmiddag naar het AMC gegaan om ons te laten onderzoeken. We hebben nog geen uitslag, maar Justus en ik zijn van plan om, wat de uitslag ook moge zijn, bij elkaar te blijven.'
'Een moedig besluit.'
Camilla Verduin verschoof iets op haar stoel en kuchte.
'Justus en ik hebben ook over de moorden nagedacht.'
De Cock keek haar onderzoekend aan.
'De moorden?'
In zijn stem sloop een lichte verbazing.
Camilla Verduin knikte met een ernstig gezicht.
'De moord op zijn zuster Annelies en de moord op Jeanette van

Zelhem.' Ze pauzeerde even. 'Justus is jaren bevriend geweest met ene Jean-Paul van Capelle. Het was een hechte vriendschap. Justus en hij wisselden vaak hun vriendinnetjes uit. Zo'n vriendinnetje was Jeanette van Zelhem.' Ze pauzeerde opnieuw. 'En zo'n vriendinnetje was ook... Martha Overdijk.'

19

Camilla Verduin leunde achterover in haar stoel. Haar blonde haren glansden, maar haar make-up camoufleerde een bleek gezicht.
'Ik heb een emotionele dag achter de rug,' sprak ze met een zucht. 'Werkelijk een dag om nooit te vergeten. Ik voel mij tevreden. Dat wel. Er is een enorme druk van mij afgevallen. De spanningen van de laatste tijd, die kwellende onzekerheden, ben ik kwijt. Het idee, dat mij wellicht nog veel ellende en verdriet te wachten staat, stoort mij niet. Justus en ik hebben de barrières die ons gescheiden hielden, geslecht. Dat was mij alles wel waard.'
De Cock luisterde geduldig. Hij besefte, dat de jonge vrouw een sterke behoefte voelde om zich te uiten. Toen ze even pauzeerde, boog hij zich naar haar toe.
'Je zei, dat Justus en jij ook over de beide moorden hadden nagedacht?'
Camilla Verduin knikte.
'Toen Justus mij had verteld, dat hij... en ook Jean-Paul van Capelle... omgang hadden gehad met de aan aids overleden Martha Overdijk, gaf mij dat een geweldige schok. Ik moest dat eerst verwerken en begreep wat dat ook voor mijzelf betekende. Toen ik er verder over nadacht, besefte ik, dat mogelijk ook Jean-Paul van Capelle was besmet en ik vroeg aan Justus of Jean-Paul wist, dat Martha Overdijk aan aids was gestorven.'
De Cock keek haar gespannen aan.
'En?'
Camilla Verduin schudde haar hoofd.
'Volgens Justus had Jean-Paul van Capelle al jaren geen contact meer met Martha Overdijk. Hij achtte het heel goed mogelijk, dat Jean-Paul niet eens wist, dat Martha Overdijk was overleden.'
De Cock gebaarde in haar richting.
'Toen zijn jullie naar de Brouwersgracht gegaan.'
Camilla Verduin keek hem verrast aan.
'Hoe weet u dat?'
De Cock schudde zijn hoofd.
'Ik wist dat niet. Maar het lag voor de hand, dat jullie dat zouden doen. Justus is toch jaren met Jean-Paul bevriend geweest?'
Camilla Verduin knikte.

'We zijn inderdaad naar de Brouwersgracht gegaan. Jean-Paul was niet thuis. We werden ontvangen door zijn moeder.' Op het gezicht van Camilla Verduin verscheen een droevige grijns. 'Zij zal ons wel een vreemd stel hebben gevonden. Geen van ons beiden durfde het haar te zeggen. Tenslotte zijn we zonder iets te vertellen weer vertrokken.'
De Cock toonde verbazing.
'Vroeg de moeder van Jean-Paul niets?'
Camilla Verduin maakte een hulpeloos gebaar.
'Justus zei, dat hij was gekomen om zijn oude vriend die hij al zo lang niet had gezien, weer eens te ontmoeten. De moeder van Jean-Paul reageerde met een sceptische glimlach.'
'Ze geloofde hem niet?'
'Dat idee had ik.'
'Wat zijn jullie nu verder van plan?'
Camilla Verduin zwaaide afwerend.
'Ons verhaal is nog niet af.'
De Cock liet zijn blik over haar gezicht dwalen en las een intense spanning. 'Jullie verhaal is nog niet af?' herhaalde hij vragend.
Camilla Verduin schudde haar hoofd.
'Justus kende nog een jonge vrouw met wie Jean-Paul van Capelle ook bevriend is geweest... of misschien nog bevriend is... ene Ellen van Eijsden. Justus wist, dat ze een eigen flatje had in Duivendrecht aan het Waddenland.'
De Cock trok zijn wenkbrauwen samen.
'En daar zijn jullie toen heen gegaan?'
Camilla Verduin knikte.
'Onze gedachte was, dat zij dan weer Jean-Paul kon inlichten.'
'En?'
Camilla Verduin zuchtte.
'We troffen haar thuis... een angstig vogeltje. Ze wilde aanvankelijk niet eens de deur voor ons opendoen. Zo bang was ze.'
De Cock keek haar niet begrijpend aan.
'Die Ellen van Eijsden was bang?'
'Ja, echt, doodsbang.'
'Voor wie... voor wat?'
Camilla Verduin stond van haar stoel op.
'Ellen kan het u beter zelf vertellen.' Ze strekte haar rechterarm in de richting van de deur van de recherchekamer. 'Ik heb haar voor u

meegebracht. Ze zit in de gang op de bank.'

De Cock plukte aan het puntje van zijn neus. Onderwijl tastte zijn scherpe blik de gelaatstrekken af van de vrouw, die naast hem aan zijn bureau had plaatsgenomen. Ze had een ovaal gezicht met een gave olijfkleurige huid, een sensuele mond en grote glanzende donkerbruine ogen. Haar ravezwarte haren droeg ze als een pony tot bijna op haar wenkbrauwen. Ellen van Eijsden, zo constateerde hij, was een fragiele jonge vrouw van een exotische schoonheid.
De oude rechercheur wees naar Camilla Verduin, die verderop aan een leeg bureau was gaan zitten.
'Zij heeft ons verteld, dat u zo bang bent, dat u zich zo bedreigd voelt, dat u het liefst niemand meer ontvangt... de deuren van uw flat in Duivendrecht gesloten houdt.'
Ellen van Eijsden knikte.
'Dat is juist. Ik ben bang.'
'Waarvoor?'
Ellen van Eijsden keek met een ernstig gezicht naar hem op. In haar grote donkerbruine ogen lag een melancholieke blik.
'Om vermoord te worden,' sprak ze omfloerst.
De Cock maakte een weifelend gebaar.
'Is daar reden voor?'
Ellen van Eijsden knikte opnieuw en zuchtte.
'Zeker... een gegronde reden. Ik heb het gevolgd. Nauwlettend. Na Annelies van Haemstede en Jeanette van Zelhem ben ik aan de beurt.'
De Cock trok achteloos zijn schouders op.
'Het is mij niet duidelijk... waarom zou u aan de beurt zijn?'
'Omdat ik ook omgang met hem heb gehad.'
'Met wie?'
'Jean-Paul... Jean-Paul van Capelle.'
De Cock trok zijn wenkbrauwen samen.
'U... eh, beweert dus,' formuleerde hij rustig, 'dat Jean-Paul van Capelle zowel Annelies van Haemstede als Jeanette van Zelhem heeft vermoord?'
Ellen van Eijsden trok haar mond strak.
'Ja,' antwoordde ze fel, 'dat beweer ik. En ik ben de volgende op zijn lijstje.'
De Cock grinnikte vreugdeloos.

'Maar waarom... wat drijft hem... wat is zijn motief?'
Ellen van Eijsden schudde haar hoofd.
'Dat weet ik niet. Ik weet niet waarom Jean-Paul de vrouwen met wie hij in het verleden omgang heeft gehad, heeft vermoord of wil vermoorden. Maar dat het zo is... daarvan ben ik overtuigd. Ik wed, dat hij ook Martha Overdijk zou hebben vermoord... als ze nu nog had geleefd.'
De Cock produceerde een zenuwachtig lachje.
'Maar dat alles is toch niet meer dan een theorie? Ik bedoel... u kunt uw bewering toch met geen enkele vorm van bewijs staven?'
Ellen van Eijsden keek hem verwonderd aan.
'Moet dat?'
De Cock boog zich iets naar haar toe.
'De wet,' sprak hij geduldig. 'De wet vraagt om bewijs... wettig en overtuigend bewijs. Aan naakte beweringen heb ik als rechercheur niets.'
Ellen van Eijsden zette even haar sterke tanden in haar onderlip.
'Ik weet niet op welke wijze een rechercheur denkt,' reageerde ze koel. 'Dat interesseert mij in feite ook niet zoveel. Mijn gevoel zegt mij, dat Jean-Paul, misschien uit een soort wraak voor verbroken verhoudingen, Annelies van Haemstede en Jeanette van Zelhem heeft vermoord en dat hij nu zijn moordplannen op mij heeft gericht.'
Ze pauzeerde even en ademde diep.
'Meer dan een jaar lang,' ging ze verder, 'heb ik van Jean-Paul niets gehoord of gezien en nu plotseling, na de dood van zijn vroegere vriendinnen, zoekt hij weer contact met mij.'
'Hoe?'
'Hij belt mij regelmatig op... zegt, dat hij de relatie weer wil voortzetten... vraagt of hij mij weer mag bezoeken.'
'En?'
Ellen van Eijsden liet haar hoofd zakken.
'Vanavond komt hij naar Duivendrecht.'
De Cock keek haar ongelovig aan.
'Jean-Paul van Capelle?'
'Ja.'
'Hoe laat?'
Ellen van Eijsden blikte op haar polshorloge.
'Om tien uur heeft hij gezegd. Om tien uur zou hij er zijn.'

'U hebt toegezegd hem te ontvangen?'
'Ja.'
De Cock reageerde geschokt.
'Waarom?'
In de grote donkerbruine ogen van Ellen van Eijsden glom een traan. 'Hij drong zo aan,' sprak ze zacht huilend. 'Ik durfde niet langer te weigeren. Ik wist op het laatst ook niet meer wat ik moest zeggen. Ik had geen uitvluchten meer.'
De Cock schudde afkeurend zijn hoofd.
'U ontvangt een man,' sprak hij totaal verbijsterd, 'die volgens u twee afschuwelijke moorden op zijn geweten heeft en bovendien het plan heeft opgevat om ook u van het leven te beroven?' De grijze speurder zakte in zijn stoel terug. 'Dat... eh, dat is dwaas.'
Ellen van Eijsden huilde bitter. Haar fragiele lichaam schokte. Tranen verveegden haar make-up... drupten vervuild in haar schoot.
'Ik ben bang... ik ben zo bang... ik ben...'
Camilla Verduin kwam haastig naderbij en legde beschermend haar arm om de schouders van Ellen van Eijsden. Ze blikte naar de oude rechercheur.
'Ze gaat niet terug naar Duivendrecht. Ik neem haar wel onder mijn hoede.'
De Cock keek haar strak aan en schudde zijn hoofd.
'Ze gaat wel terug naar Duivendrecht,' reageerde hij onverzettelijk. 'En wel zo snel mogelijk.'
'Waarom?'
'Om haar afspraak na te komen.'
Camilla Verduin keek hem vol afschuw aan.
'Met die gevaarlijke Jean-Paul van Capelle?'
'Ja.'
Vledder boog zich naar voren.
'Je wilt haar als lokaas gebruiken?'
'Precies.'
Vledder gebaarde heftig.
'Dat kun je niet doen. Dat is veel te riskant. Wil je een derde moord?'
De Cock knikte.
'Een poging daartoe... onder onze hoede.'

Ze reden met hun oude Volkswagen over de Rijksstraatweg Duivendrecht binnen.

De Cock draaide zich half om. Schuin op de achterbank, met opgetrokken knieën, zat Ellen van Eijsden. Camilla Verduin, zo constateerde hij, had gelijk. Zo klein, ineengedoken, leek ze echt een angstig vogeltje.
'Durf je nog?'
Ellen van Eijsden ademde diep. Ze nam haar voeten van de bank en kwam naar voren. Met haar beide handen greep ze de linkerarm van De Cock vast.
'Jullie beschermen mij toch... jullie beschermen mij toch... jullie zijn er toch bij?'
De Cock trok een ernstig gezicht.
'Wij zullen er voor zorgen,' sprak hij geruststellend, 'dat er niets met je gebeurt. Jij krijgt geen mes in je rug, zoals die anderen.'
Hij draaide zich weer om en wendde zich tot Vledder. 'Daar rechtsaf is de Telstarweg en daar heb je links een parkeerplaats bij het winkelcentrum. Het lijkt mij het beste, dat je daar de wagen parkeert. De rest kunnen we te voet af.'
Vledder keek hem van terzijde aan.
'Je bent hier goed thuis.'
De Cock glimlachte.
'Ik heb hier eens mijn vrouw vandaan gehaald.'
'Uit Duivendrecht?'
De Cock knikte.
'Maar toen bestonden de flats aan het Waddenland nog niet.'
Ze stapten uit. Met de fragiele Ellen van Eijsden in hun midden, liepen ze van de parkeerplaats terug naar de Rijksstraatweg. Via een rustiek houten hekje, een smal paadje van flagstones, achter een hoge haag van paarse rododendrons, bereikten ze de ingang van haar flatje.
De Cock strekte zijn open hand naar Ellen uit.
'Geef mij de sleuteltjes maar.'
Ze zocht in haar handtas en gaf de oude rechercheur een sleutelbos. Met kennersblik pakte De Cock direct de juiste sleutel en stak die in het slot.
Vledder grijnsde.
'Dat is voor het eerst, dat ik jou op een eerlijke manier een slot zie openen.'
'Hoe bedoel je?'
'Zonder het apparaatje van Handige Henkie.'

De Cock onderdrukte een lach en duwde de deur verder open. Na een kleine hal bereikten ze een gezellig ingerichte woonkamer. Schraal licht viel door kunstig geplooide vitrage schuin naar beneden en wierp lange schaduwen op de vloer.
Ellen van Eijsden vatte de oude speurder bij zijn arm.
'Zal ik het licht aandoen?'
De Cock knikte.
'Doe zoals je het altijd 's avonds doet.'
Ellen van Eijsden liep naar het raam.
'Dan gaan de overgordijnen dicht. Ik heb weleens een gluurder bij de rododendrons gezien.'
De Cock schoof de mouw van zijn regenjas iets terug en keek op zijn horloge. 'Als hij op tijd is, dan hebben we nog ruim twintig minuten.'
Vledder wees om zich heen.
'Wat wil je doen... hier rustig in een fauteuil gaan zitten wachten tot hij komt?'
De Cock schudde zijn hoofd.
'We moeten eerst haar rug goed afdekken en beschermen.'
Hij wees naar Ellen van Eijsden. 'Als zij gelijk heeft en Jean-Paul is er werkelijk op uit om haar te vermoorden, dan zal hij zich door niets laten weerhouden.'
Vledder gebaarde in zijn richting.
'Je wilt hem echt de gelegenheid geven om een poging tot moord te doen?'
De Cock knikte.
'Dat lijkt mij psychologisch het juiste moment om hem te doen bekennen, dat hij ook verantwoordelijk is voor de moorden op Annelies en Jeanette.
Als Jean-Paul straks komt en hij belt aan, dan gaat Ellen naar de deur en doet hem open. De mogelijkheid bestaat, dat Jean-Paul direct toeslaat op het moment, dat Ellen zich omdraait en voor hem uit loopt. Op dat moment moeten we bedacht zijn. In die kleine hal kunnen we haar niet afdoende beschermen. Verder kunnen we haar via de keuken binnen ons gezichtsveld houden.'
Vledder trok een bedenkelijk gezicht.
'Ik vind het toch een riskante zaak.'
De Cock reageerde niet. Hij liep op Ellen van Eijsden toe en nam haar gezicht tussen zijn beide handen. 'Durf je nog steeds... of

zullen we het niet doen?'
Met haar grote donkerbruine ogen keek ze naar hem op. 'Ik durf.'

De tijd vergleed langzaam. Gespannen luisterden ze naar ieder geluid. De Cock keek op zijn horloge. Het was precies tien uur.
Opeens klonk buiten een gesmoorde kreet, gevolgd door haastige voetstappen.
Vledder hield zijn adem in.
'Daar komt iemand,' fluisterde hij.
Het geluid verstomde en de voetstappen stierven weg.
Er werd niet gebeld.
Nog enkele minuten bleven de beide rechercheurs op hun post. Toen het geluid zich niet meer herhaalde en niemand zich meldde, verlieten ze de keuken en gingen via de woonkamer naar de kleine hal.
De Cock trok de deur open en schrok.
Voor de toegangsdeur, op het paadje van flagstones, lag in de stromende regen een man. Hij lag op zijn rug. Zijn armen waren naar voren gestrekt, zijn benen lagen iets gespreid...
De Cock knielde bij hem neer. Aan zijn achterhoofd ontdekte de oude rechercheur een grote wond. Klonten bloed kleefden in het haar.
De Cock draaide het lichaam iets terug. Het licht van de straatlantaarn viel op het gezicht.
Vledder slikte.
'Jean-Paul van Capelle,' hijgde hij.
De Cock knikte.
'Doodgeslagen.'

20

'Doodgeslagen?'
De Cock wees naar de wond.
'Met een zwaar voorwerp. Gezien de wond schat ik met een fikse hamer.'
'Wanneer?'
'Vermoedelijk enkele minuten geleden... toen wij die kreet hoorden.'
Vledder liep achter hem vandaan en knielde aan de andere zijde van het lichaam.
'Door wie?'
De Cock antwoordde niet. Snel tastten zijn gevoelige vingers de kleding van de man af. Uit de rechterzijzak van het colbert haalde hij een mes... een groot model keukenmes met een lemmet van zeker negentieneneenhalve centimeter, eindigend in een scherpe punt.
De grijze speurder deed zijn zaklantaarn aan.
'Inox – Thiers France,' las hij hardop. Hij deed zijn zaklantaarn weer uit en legde hem naast zich neer. Het mes hield hij in zijn open hand en keek ernaar. 'Ellen van Eijsden had gelijk,' sprak hij somber. 'Dit mes was bestemd voor haar rug.'
Hij pakte zijn zaklantaarn, kwam moeizaam overeind en gaf het mes aan Vledder. Regendruppels hingen aan het staal. 'Wacht jij hier tot de meute komt. Ik zal ze voor je waarschuwen. En zorg voor Ellen. Breng haar voor vannacht maar bij Camilla Verduin onder.'
Vledder kwam verrast omhoog.
'En wat doe jij?'
De Cock hield zijn hand op.
'Geef mij de sleuteltjes van de Volkswagen. Jij kunt straks wel met Bram van Wielingen meerijden. Ik ga naar huis.'
Vledder deed wat hij verlangde.
'Ben je moe?' vroeg hij bezorgd.
De grijze speurder knikte vaag en liep bij hem weg.
De jonge rechercheur keek hem na en vermoedde geen moment, dat De Cock had gelogen.

Commissaris Buitendam, de lange statige chef van het politiebureau aan de Amsterdamse Warmoesstraat, wenkte met een slanke hand

naar de stoel voor zijn bureau. 'Ga zitten, De Cock,' sprak hij geaffecteerd. 'Ik wil nader worden geïnformeerd.'
De oude rechercheur trok een stuurs gezicht en nam onwillig plaats. Het liefst bleef hij staan, rechtop, zijn benen iets uit elkaar. Dan voelde hij zich meer weerbaar, meer gespannen. Wanneer Buitendam hem ontbood, bezag hij de commissaris steeds met argwaan. Het was een protesthouding, die hij aannam om de vrijheid van handelen af te schermen, waarop hij als oude rechercheur meende recht te hebben.
De commissaris kuchte.
'Ik heb dat proces-verbaal van jou en Dick Vledder over de moord op die beide jonge vrouwen gelezen en ik heb daaruit begrepen, dat jullie de zaak verder als afgewikkeld beschouwen.'
'Dat is juist.'
Buitendam tikte met zijn vingers op het proces-verbaal dat voor hem lag. 'Ik had na het lezen van dit werkstuk toch een onbevredigend gevoel.'
'Dat is jammer.'
De commissaris trok zijn kin iets op.
'Ik heb niets gelezen over een mogelijk motief... wat bezielde die moordende jongeman?'
De Cock ontweek de vraag.
'Het heeft weinig zin,' sprak hij geduldig, 'om het onderzoek voort te zetten. We kunnen veilig aannemen, dat Jean-Paul van Capelle die beide moorden heeft begaan en ook het plan had om een derde moord te plegen. Maar Jean-Paul van Capelle is dood... een onomkeerbaar gegeven... daar kan niemand meer iets aan veranderen... en bij de dood vervalt het recht tot strafvervolging.'
Het gezicht van Buitendam vertrok.
'Ik weet wat er in het Wetboek van Strafvordering staat,' sprak hij kribbig.
De Cock glimlachte.
'Ik wilde u er alleen even aan herinneren.'
Commissaris Buitendam bracht zijn beide handen naar voren en drukte zijn vingertoppen tegen elkaar.
'En door wie werd Jean-Paul van Capelle vermoord?'
De Cock trok achteloos zijn schouders op.
'Ik vermoed, door iemand die over het begrip 'gerechtigheid' heeft nagedacht.'

'En jij wilt niet weten wie dat is?'
De Cock schudde zijn hoofd.
'Ik zie ook geen mogelijkheden,' loog hij, 'om hem of haar te achterhalen.'
Commissaris Buitendam grijnsde.
'Jij geeft een nederlaag toe?'
De Cock spreidde zijn handen in een hulpeloos gebaar. 'Als u dat een nederlaag noemt,' sprak hij gelaten, 'dan geef ik die nederlaag toe.'
Om de mond van commissaris Buitendam speelde een valse glimlach. 'Vroeger zou jij daar geen genoegen mee hebben genomen... was je doorgegaan tot je alles had ontsluierd.' Hij hield zijn hoofd iets scheef. 'Toch... eh, toch enige slijtage?'
De Cock schudde zijn hoofd.
'Van slijtage, zoals u dat noemt, heb ik bij mijzelf nog niets bemerkt.'
Buitendam gniffelde.
'Je bent altijd een uitstekend rechercheur geweest. Ik moet dat ruiterlijk bekennen. Maar ja...' De commissaris zuchtte en maakte zijn zin niet af.
De Cock beluisterde de toon en proefde een zweem van sarcasme. Dat beviel hem niet. Het prikkelde hem en deed het bloed in zijn aderen bruisen.
'Goede rechercheurs zijn schaars,' sprak hij traag. 'Het duurt jaren voor ze enig niveau hebben bereikt. Maar leer een papegaai 'ja' en 'nee' zeggen en je hebt al een commissaris.'
Buitendam kwam met een ruk overeind. Zijn gezicht en zijn nek kleurden rood en zijn ogen flikkerden. Hij strekte zijn rechterarm naar de deur.
'Eruit.'
De Cock ging.

De Cock deed de deur van zijn woning open. Voor hem, op de stoep, stond Vledder. Hij lachte wat verlegen. In zijn linkerhand bungelde een bos fraaie rode rozen. Hij tilde de bos omhoog.
'Voor je vrouw. Hoe langer ik met *jou* optrek, hoe meer ik *haar* bewonder.'
De Cock lachte.
'Dat heb je meer beweerd.'

Vledder knikte.
'Maar het blijft nog steeds van kracht.'
Ze stapten gezamenlijk de kamer binnen. Mevrouw De Cock kwam onmiddellijk overeind en schudde Vledder ter begroeting de hand. Met een gebaartje van verrukking nam ze de rozen in ontvangst. Ze wuifde naar een diepe leren fauteuil. 'Ga zitten,' riep ze hartelijk. 'Komen er nog anderen?'
Vledder schudde zijn hoofd.
'Ik heb Appie Keizer gevraagd, maar hij vond zijn aandeel in de zaak te klein. Bovendien had het, zo vond hij, tot geen enkel resultaat geleid.'
De Cock glimlachte.
'Appie Keizer is een bescheiden mens.' Hij hield een fraaie fles cognac Napoléon omhoog. 'Zal ik vast voor je inschenken?'
Vledder liet zich in de fauteuil zakken en knikte.
'Commissaris Buitendam heeft toch om een aanvullend proces-verbaal gevraagd. Hij wil per se iets hebben over een mogelijk motief... al was het maar een suggestie in een bepaalde richting.'
De Cock pakte twee diepbolle glazen en schonk klokkend in. 'Een motief,' sprak hij peinzend. Hij reikte Vledder een glas. 'Ken jij een motief?'
De jonge rechercheur schudde zijn hoofd.
'Jij?'
De Cock nam zijn glas en liet de cognac in zijn hand schommelen. Daarna bracht hij het glas naar zijn neus en snoof. Voorzichtig nam hij een slok.
'Ik denk,' opende hij traag, 'dat Jean-Paul van Capelle met aids was besmet en dat hij de gedachte aan een spoedige dood niet kon verdragen. Ik denk, dat hij over zijn besmetting heeft nagedacht en tot de conclusie is gekomen, dat hij de besmetting had opgelopen bij een van de vrouwen, met wie hij een verhouding had gehad.'
Vledder keek hem met grote ogen bewonderend aan.
'Dat is helemaal niet zo'n gekke gedachte,' reageerde hij enthousiast. 'Dat zou best eens waar kunnen zijn.'
Hij zette zijn glas naast zich op een bijzettafeltje en boog zich naar voren. 'Het is heel best mogelijk, dat Jean-Paul van Capelle die vrouwen verantwoordelijk achtte voor het feit, dat zijn bloed was vergiftigd en dat hij zon op wraak... bloedwraak.'
De Cock knikte.

'Toen deze gedachte bij mij opkwam, heb ik onmiddellijk dokter Rusteloos opgebeld en ik heb hem gevraagd om het bloed van Jean-Paul van Capelle op aids te onderzoeken. Hij heeft mij beloofd dat te doen. Als we zijn rapport van de uitslag krijgen, dan kunnen wij dat altijd nog bij het aanvullend proces-verbaal voegen.'
Vledder trok een denkrimpel in zijn voorhoofd.
'Hoe kwam je op het idee?'
De Cock zuchtte.
'Ik kon geen ander motief bedenken. Persoonlijk vermoed ik, dat Jean-Paul al tijdens zijn omgang met Martha Overdijk besmet is geraakt... toen al seropositief was, maar dat zelf nog niet wist. Ik denk dat Jean-Paul vanaf het moment dat hij wist dat hij aids had, en besefte dat zijn dood spoedig zou volgen, bezield van een blinde wraakwoede, geen enkel onderscheid meer heeft willen maken.'
Vledder knikte verbijsterd.
'En de dood zocht van alle jonge vrouwen met wie hij in zijn leven seksueel had verkeerd.'
De Cock liet zich in zijn fauteuil terugvallen.
'Het meest tragische is misschien wel, dat Jean-Paul de reeds doodzieke Annelies van Haemstede vermoordde, terwijl diezelfde Annelies vermoedelijk door hemzelf besmet is geraakt.'
Vledder keek hem schuins aan.
'Waarom kreeg Jeanette van Zelhem geen aids? Daar is nooit iets van gebleken.'
De Cock maakte een schouderbeweging.
'Misschien had zij een grotere weerstand tegen de ziekte.' Hij ademde diep. 'Ik hoop dat Justus en zijn Camilla en ook Ellen van Eijsden voldoende weerstand hebben. De hele affaire om hen heen heeft al genoeg verdriet gebracht.'
Een tijdlang zwegen ze. De Cock schonk nog eens in en de gedachte aan de moorden verzonk wat naar de achtergrond.

Al tegen tien uur ging Vledder weg. Mevrouw De Cock deed hem uitgeleide. Toen ze in de kamer terugkwam, schoof ze een poef bij en ging tegenover haar man zitten.
'Ik heb vanavond goed naar je geluisterd, Jurrian,' sprak ze ernstig. 'Je begon bijna elke zin met de woorden 'ik denk'. Dat viel mij op. Ik ben dat niet van jou gewoon. Volgens mij weet jij drommels goed wat er is gebeurd.'

De Cock schonk haar een milde glimlach.
'Ik kan ook nooit iets voor jou verborgen houden,' verzuchtte hij. 'Jean-Paul van Capelle had inderdaad aids. Zijn moeder heeft mij dat verteld.'
'Wanneer.'
'Dezelfde avond, dat zij haar zoon had vermoord.'
'Wat? Zij vermoordde haar eigen zoon?'
De Cock knikte voor zich uit.
'Toen ik Jean-Paul op dat paadje van flagstones in de regen zag liggen, wist ik het... ik wist dat op basis van een gesprek, dat ik met haar had gehad over het begrip 'geweten' en het bijbelwoord 'gij zult niet doden'.' Hij zweeg even en wreef met zijn hand over zijn gezicht. 'Zonder het Vledder te zeggen, ben ik van Duivendrecht naar de Brouwersgracht gereden. Zij heeft mij toen haar verhaal verteld.
Al na de dood van Annelies van Haemstede had Debora van Capelle het vermoeden, dat haar zoon daar iets mee te maken had. Na de moord op Jeanette van Zelhem had ze zoveel zekerheid, dat ze hem ter verantwoording riep en hem ronduit van de moorden beschuldigde. Ze was niet eens verbaasd, dat Jean-Paul direct toegaf de beide moorden te hebben gepleegd. Ze hebben mij vermoord, zei hij, waarom zou ik het hen niet doen?'
Mevrouw De Cock likte aan haar droge lippen.
'En?'
'Debora van Capelle zei tegen haar zoon, dat hij geen enkel recht had om te doen, wat hij had gedaan. Wraak is geen zaak van mensen, predikte ze, maar een zaak van God.'
De Cock schudde zijn hoofd.
'Jean-Paul wilde niet luisteren. Hij bezwoer zijn moeder, dat hij niet zou rusten, voor hij ze allen had omgebracht. Toen nam Debora een besluit.'
Mevrouw De Cock sloeg haar beide handen voor haar gezicht.
'Om hem te doden?'
De oude rechercheur knikte.
'Toen hij op weg ging om Ellen van Eijsden te vermoorden, volgde ze hem met een hamer. Moeder en zoon ontmoetten elkaar voor de deur van die flat in Duivendrecht. Jean-Paul heeft vermoedelijk nooit geloofd, dat ze het werkelijk zou doen. Hij keek haar even aan. Maar toen hij zich omdraaide en aanstalten maakte om naar binnen te

gaan, sloeg ze toe.'
'Verschrikkelijk.'
De Cock staarde een tijdje voor zich uit.
'Ik heb Vledder niets verteld. Waarom zou ik het geweten van die jongen belasten.' Hij keek naar zijn vrouw. 'Ieder mens heeft zo zijn geheimen. Dit is mijn geheim... en nu ook dat van jou. Laat dat zo blijven. Wanneer een moeder zover komt, dat ze besluit haar eigen zoon te doden, dan heeft zij hier op aarde al een hellestraf gekregen... wat moet dan nog een wereldse rechter?'

(47)

BAANTJER

De Cock en een dodelijk rendez-vous

Rechercheur De Cock (met ceeooceeka) van het aloude politiebureau aan de Amsterdamse Warmoesstraat raakt op een late avond met zijn medewerker Vledder betrokken bij een moord op de Wallen. Al speelt deze misdaad zich af in de voor De Cock o zo vertrouwde buurt, met getuigen als Smalle Lowietje, Witte Gijssie en Brabantse Truus binnen handbereik, toch duurt het lang voor hij enige klaarheid over deze moord kan verschaffen, een moord die niet op zichzelf staat, maar het begin is van wat wel op een moordepidemie lijkt.

De volgende boeken van Baantjer zijn bij de Fontein verschenen:

1 1963 De Cock en een strop voor Bobby
2 1965 De Cock en de wurger op zondag
3 1965 De Cock en het lijk in de kerstnacht
4 1967 De Cock en de moord op Anna Bentveld
5 1967 De Cock en het sombere naakt
6 1968 De Cock en de dode harlekijn
7 1969 De Cock en de treurende kater
8 1970 De Cock en de ontgoochelde dode
9 1971 De Cock en de zorgvuldige moordenaar
10 1972 De Cock en de romance in moord
11 1972 De Cock en de stervende wandelaar
12 1973 De Cock en het lijk aan de kerkmuur
13 1974 De Cock en de dansende dood
14 1978 De Cock en de naakte juffer
15 1979 De Cock en de broeders van de zachte dood
16 1980 De Cock en het dodelijk akkoord
17 1981 De Cock en de moord in seance
18 1982 De Cock en de moord in extase
19 1982 De Cock en de smekende dood
20 1983 De Cock en de ganzen van de dood
21 1983 De Cock en de moord op melodie
22 1984 De Cock en de dood van een clown
23 1984 De Cock en een variant op moord
24 1985 De Cock en moord op termijn
25 1985 De Cock en moord op de Bloedberg
26 1986 De Cock en de dode minnaars
27 1987 De Cock en het masker van de dood
28 1987 De Cock en het lijk op retour
29 1988 De Cock en moord in brons
30 1988 De Cock en een dodelijke dreiging
31 1989 De Cock en moord eerste klasse
32 1989 De Cock en de bloedwraak
33 1990 De Cock en moord à la carte
34 1990 De Cock en moord in beeld
35 1991 De Cock en danse macabre
36 1992 De Cock en een duivels komplot
37 1992 De Cock en de ontluisterende dood
38 1992 De Cock en het duel in de nacht
39 1993 De Cock en de dood van een profeet
40 1993 De Cock en kogels voor een bruid
41 1994 De Cock en de dode meesters
42 1994 De Cock en de sluimerende dood
43 1995 De Cock en 't wassend kwaad
44 1995 De Cock en het roodzijden nachthemd
45 1996 De Cock en moord bij maanlicht
46 1996 De Cock en de geur van rottend hout
47 1997 De Cock en een dodelijk rendez-vous
48 1997 De Cock en tranen aan de Leie
49 1998 De Cock en het lijk op drift
50 1998 De Cock en de onsterfelijke dood
51 1999 De Cock en de dood in antiek
52 1999 De Cock en een deal met de duivel
53 2000 De Cock en dood door hamerslag

Andere titels van Baantjer:
Rechercheur Versteegh en de dertien katten
Misdaad in het verleden
Een Amsterdamse rechercheur
Rechercheur Baantjer van Bureau Warmoesstraat vertelt, deel 1 t/m 10

Verkrijgbaar bij de boekhandel